CHIANTI ET COCA-COLA

DANS CETTE COLLECTION

paraissent les romans
des meilleurs auteurs français et étrangers :

AGATHA CHRISTIE
RAY LASUYE
FRANCIS DIDELOT
GEORGE BELLAIRS
JOHN CASSELLS
FRANCIS DURBRIDGE
R. L. GOLDMAN
MICHAEL HALLIDAY
RUFUS KING
MICHAEL LOGGAN
E. C. R. LORAC
STEPHEN RANSOME
COLIN ROBERTSON
DOROTHY SAYERS
PATRICIA WENTWORTH
JOHN STEPHEN STRANGE
etc...

ENVOI DU CATALOGUE COMPLET SUR DEMANDE

CHI...
ET COCA-COLA

PARIS
LIBRAIRIE DES CHAMPS-ÉLY...
17, RUE DE MARIGNAN

leva, fit le tour de son bureau pour prendre son subordonné par les épaules.

— Et alors, qu'est-ce qu'il te prend ?

— Je pense à ma pauvre Giulietta dans ses voiles de deuil et tous les bambini accrochés à sa robe en réclamant leur papa.

— Nous n'en sommes pas encore là ! Assieds-toi et sèche tes yeux que si quelqu'un entrait, on se demanderait ce qu'il se passe.

Pendant que Tarchinini s'asseyait et que Célestino regagnait son fauteuil, ce dernier s'enquit :

— Elle se porte bien, Giulietta ?

Aussitôt, oubliant son chagrin, Roméo se lança dans une description enthousiaste de sa compagne dont il vantait autant les charmes physiques que les qualités amoureuses et ménagères. Malpaga l'écoutait, un peu ému, car Giulietta Tarchinini était une forte matrone dont la beauté ancienne subsistait dans son sourire et dans la douceur de ses yeux. Lorsque son ami s'arrêta à bout de souffle, le directeur — sachant que c'était le seul moyen de lui faire oublier ses angoisses — le relança en s'enquérant des enfants :

— Et les petits ?

Tarchinini parlait de ses enfants comme

s'il avait mis au monde, avec la complicité de sa femme, des merveilles inégalables.

— Mon Renato, malgré ses dix-sept ans, est déjà presque aussi intelligent que moi. Alba est le portrait vivant de sa mère. Chaque jour davantage, elle s'affirme une cuisinière inspirée... tu entends, Célestino? inspirée! Quant à Rosanna, elle serait canonisée un jour que je n'en serais pas étonné. Cette enfant vit perpétuellement avec Dieu. Une mystique. Fabrizio résout les problème que ses aînés ne parviennent pas à comprendre. Celui-là, si tu veux mon avis, il a beau n'avoir que huit ans, c'est un cerveau et, pour ne rien te cacher, je crois qu'il sera l'orgueil de la famille. En ce qui concerne le dernier, Gennaro, à cinq ans, il manifeste des dons exceptionnels pour la musique.

— En somme, tu es comblé?

Le ton de Tarchinini changea et passa, en une seconde, de la gaieté la plus vive à l'abattement le plus profond.

— Je le serais s'il n'y avait Giulietta.

— Ta fille aînée? Qu'est-ce qu'elle devient?

— J'ai honte à t'avouer, Célestino, que je n'en sais rien.

— Par exemple!

— Lorsqu'elle s'est mariée, il y a un peu plus d'un an, avec ce policier américain et qu'elle est devenue Mrs Cyrus A. William Leacok (1), j'ai eu confiance. J'ai cru tout de bon que, souffrant d'être né dans un pays de sauvages, il serait heureux de pouvoir vivre en Italie. D'ailleurs, c'est ce qu'il m'avait dit et, tu me connais, Célestino, moi, je suis d'un naturel crédule. Je lui avais donné ma fille, à ce monstre, à la seule condition qu'après un court voyage chez lui, à Boston, pour présenter, comme il se doit, sa femme à sa famille, il reviendrait s'installer ici.

— Et alors?

— Et alors, il a prétexté que là-bas il avait une telle situation, qu'il ne pouvait pas se permettre de la quitter du jour au lendemain... Comme s'il avait besoin de se préoccuper de sa situation quand on a eu la chance d'épouser une Tarchinini! Si tu veux mon avis, Célestino, j'ai été escroqué, trompé, trahi, dupé, bafoué!

— Et ta fille que dit-elle?

— Elle n'ose rien dire, la pauvre! Toutes

(1) Cf. *Chewing-gum et spaghetti*.

ses lettres débordent d'un optimisme trop grand pour être sincère. A mon idée, cette petite est malheureuse, mais n'ose pas s'en ouvrir à ses parents de peur de leur faire de la peine ou bien parce qu'on la surveille!

— Tu es sûr que tu n'exagères pas un peu?

— Moi?

Roméo regarda son ami avec effarement.

— Voyons, Célestino, tu me connais?

Le directeur ne se risqua pas à avouer que c'était justement parce qu'il connaissait bien Tarchinini qu'il était certain de son exagération.

— Et... il ne t'est pas venu à l'esprit que ta Giulietta pouvait vraiment être heureuse?

— Impossible!

— Pourquoi?

— Parce que véronaise elle ne saurait goûter le bonheur ailleurs qu'à Vérone!

— Voyons, son mari l'aime peut-être beaucoup?

— D'abord, les Américains ne connaissent rien à l'amour, ensuite, je ne l'aime pas, moi, ma Giulietta?

— Ce n'est pas la même chose!

— Dis tout de suite que tu prends le parti de l'étranger ? Mon enfant est malheureuse, je le sais, je le sens ! Une petite à qui j'ai appris à lire, sur laquelle j'ai veillé comme aucun père n'a veillé sur sa fille et tu oserais prétendre qu'elle serait capable de se passer de moi ?

— Elle a un mari.

— Ce n'est pas une raison pour qu'elle assassine son père !

— Elle fait sa vie !

— Elle brise la mienne, et ça, ma Giulietta en est incapable ! Je suis convaincu qu'elle est séquestrée ! Avec les mœurs qu'ils ont là-bas, on est en droit de s'attendre à tout ! Je veux reprendre ma fille !

— Et comment feras-tu ?

— J'irai là-bas. Je verrai ce Leacock. Je lui dirai : « Signore, vous m'avez enlevé mon trésor en abusant de ma bonne foi. Je le reprends. »

— Et s'il refuse de te le rendre ?

— Alors, je suis capable de tout, Célestino ! Même d'aller devant l'O. N. U. !

— Et si Giulietta ne veut pas rentrer avec toi ?

— Je la tue comme une dévergondée et une ingrate qu'elle est! Puis, je tue son mari et je me tue!

— Et Giulietta, ta femme, restera seule avec les bambini?

Roméo hésita un instant avant de conclure :

— Toute réflexion faite, je ne me tuerai peut-être pas, par devoir.

— Dis donc, Roméo, je te rappelle que tu es policier et chargé de faire respecter la loi. Un autre que toi me tiendrait de pareils propos, je demanderais sa suspension ou sa mise à la retraite anticipée! Tu devrais avoir honte! Et maintenant, tu es venu me voir pour quoi?

— Pour te prier de m'accorder quinze jours de vacances à prendre sur mon congé annuel.

— Pour quelles raisons?

— Pour aller à Boston chercher Giulietta.

— Tu es sûr que tu n'es pas fou?

— Je ne suis pas fou et, bien que tu sois mon supérieur hiérarchique, je te prie d'être poli.

— Puisque tu le prends sur ce ton...

— Tu me refuses mon congé, dictateur?

— Non, je te l'accorde et tout de suite même! Boucle tes dossiers, préviens celui qui doit te remplacer et va faire ta valise. Tu peux être à Milan ce soir. Embrasse ta fille pour moi et dis-lui que je la plains d'avoir un père de ta sorte. Sur ce, je te dis au revoir, Roméo, et tâche de nous revenir.

— Et pour quelles raisons ne reviendrais-je pas?

— Comment veux-tu que je le sache? Te connaissant comme je te connais, tu te ferais cow-boy que je n'en serais pas étonné, ou gangster, à moins tout simplement que ton avion tombe dans l'océan... et c'est grand l'océan. Si jamais ce malheur arrive, je prononcerai moi-même ton éloge funèbre. Tu seras content.

Tarchinini émit un râle d'horreur et d'indignation

— Content...! Santa Madona! Mais tu es un monstre, Célestino?

— Pas du tout. J'envisage les différentes éventualités. C'est mon devoir. Et puis quand on veut aller aux Amériques, il faut en accepter les risques .

D'un air mi-figure mi-raisin, le directeur ajouta :

— Paraîtrait que chez les Américains on mange surtout de la guimauve et qu'à table, en guise de boisson, on vous sert du coca-cola .

A la pâleur envahissant le visage de son interlocuteur. Malpaga comprit qu'il avait été trop loin et se crut obligé de faire boire un petit verre de grappa à son ami. Tarchi-nini but, parce qu'un verre de grappa ne se refuse jamais, mais lorsqu'il eut avalé l'al-cool, il se leva et, très digne :

— Célestino, jusqu'ici je te considérais comme mon meilleur ami, mais tu m'envoies en Amérique avec l'espoir que je ne reviendrai pas. Si je meurs, que mon sang te retombe sur la tête. Crois-tu qu'il y ait des bouées de sauvetage sur les avions ?

En entrant dans le bureau de Malpaga, Roméo était persuadé que le directeur lui refuserait le congé sollicité. S'il s'était pourtant livré à cette démarche, c'était parce qu'il estimait qu'il le devait pour que les autres crussent enfin à la profondeur de son chagrin. Peut-être même était-il sincère sur le moment ? Et maintenant, il se trouvait embarqué dans une aventure dangereuse dont il ne pouvait plus se sortir sans faire rire de lui. Amer, abattu, il regagna son bureau où il demeura la tête dans ses mains, un long moment, plein de pressentiments sinistres et se voyant déjà accroché à un débris d'avion et ballotté par les vagues de l'océan Atlantique, guetté par les requins. Tarchinini n'était pas un lâche, mais il avait trop d'imagination.

Désireux de mettre sa femme devant le fait accompli, il se rendit au bureau de la compagnie aérienne avant de rentrer chez lui. On lui apprit qu'en partant vers le milieu de l'après-midi pour Milan, il pourrait être à New York dans la matinée du lendemain et à Boston le soir même. Le commissanie connaissait bien l'employé auquel il s'adressait et qui habitait sa propre rue, la via Pietra.

— Vous allez vous offrir un beau voyage, signor commissaire, hé ? Vous en avez de la chance !

— De la chance... !

— Vous vous rendez chez votre fille ?

— Oui... Giuseppe, vous êtes déjà monté en avion ?

— Moi ? Non...

— Et ça ne vous tente pas ?

L'employé jeta un coup d'œil à droite et à gauche, puis baissant la voix :

— Je tiens à ma peau.

Roméo eut du mal à avaler sa salive.

— Parce que... ces appareils... ça leur arrive de... de tomber ?

— Quelquefois !

— Mais pas souvent tout de même ?

— Pas souvent, il faut être juste, seulement pour celui qui est dedans lorsque la catastrophe se produit, que ce soit souvent ou pas, il s'en fiche, hé ?

— Alors, on risque de mourir noyé ?

— Si on tombe dans l'océan, sinon on est grillé au cas où l'avion s'écraserait au sol.

— Dio mio !

S'il n'avait pas craint de se perdre de réputation, Tarchinini eut rendu son billet.

A la poste, il câbla à sa fille sur le ton dont il eût annoncé son propre décès. La préposée, qui avait été une amie de Giulietta, félicita le commissaire de se lancer dans un pareil voyage juste pour revoir son enfant. Avec un soupir, la jeune femme ajouta :

— Ce n'est pas mon père qui agirait

comme vous! Lui, s'il avait l'argent du voyage, il le convertirait en Chianti et ne dessaoûlerait pas d'un mois...

— Le Chianti vaut mieux que le coca-cola!

— Le coca-cola? Papa n'en boit jamais et je ne pense pas que jamais on l'obligera à en boire.

Ce fut au tour de Roméo de pousser un soupir.

— Il en a de la chance!

Alors qu'il remontait vers la via Pietra et sa Giulietta qui l'y attendait, Tarchinini broyait du noir. S'il en avait eu le courage, il se serait étranglé de ses propres mains pour se punir d'avoir agi sans réflexion. Il regardait autour de lui le décor familier avec l'œil du condamné à mort effectuant une ultime promenade à travers sa ville avant de gagner le lieu du supplice. Était-il vraiment possible que Roméo pût ne pas revoir tout ce qui faisait partie intégrante de son petit monde qu'il tenait pour un univers? Des gens le saluèrent auxquels il ne répondit pas et plus d'un, le jugeant bien fier, s'en montrèrent mortifiés. Au moment où il pénétrait dans le couloir de sa maison, la vieille concierge lui lança selon une habitude remontant à bien des années en arrière :

— Alors, signor Tachinini, la vie est belle ?

D'ordinaire, selon un rite quotidiennement répété, Roméo répondait :

— Belle pour ceux sachant en profiter, dona Joséfina !

Mais cette fois il se contenta de dire :

— Peut-être pour ceux qui sont assurés de ne pas mourir demain, dona Joséfina.

Le ton — plus encore que les paroles — bouleversa à tel point la pauvre femme, qu'elle ne put manger l'osso bucco qu'elle s'était soigneusement préparé et se mit en prière pour demander à la Madone de prendre en pitié le signor Tarchinini qui semblait porter la mort avec lui.

La signora Tarchinini, en dépit de sa douceur naturelle et de la passion qu'elle nourrissait à l'égard d'un époux depuis toujours jugé sans égal sur cette terre, prit la nouvelle du départ de son mari avec beaucoup moins de résignation que la concierge. Elle s'apprê-

tait à plonger des raviolis dans l'eau bouil-
lante lorsque *voméo* — venu la rejoindre à
la cuisine — lui annonça tout à trac qu'il
partait pour Boston. Sur le moment, elle
crut à une plaisanterie, mais quand elle eût
vu le billet d'avion, elle poussa un rugissement :

— Tu as osé me faire ça ?

— Te faire quoi, ma colombe ?

— T'enfuir en Amérique en me laissant
seule avec les bambini ?

— Mais il ne s'agit que d'un voyage de
quelques jours !

— Et si l'avion tombe ? Et si les Indiens
te prennent ?

— Mais notre fille, son avion n'est pas
tombé !

— Elle n'a pas ton âge !

Tarchinini n'essaya pas de comprendre
en quoi son âge pouvait avoir la moindre
influence sur le fonctionnement d'un avion
à réaction, tant il se sentait déprimé. Profi-
tant de son silence, Giulietta donnait libre
cours à sa véhémence.

— Tu y as pensé à ta mort, dis, criminel ?

— Si j'y pense, ma Giulietta ? Je ne pense
même qu'à ça !

— Et tu pars quand même ?

— Mon honneur ne me permet plus de reculer.

— Ton honneur il te permet d'abandonner une femme et ses cinq enfants, hé ? Ma qué ! qu'est-ce que je ferai quand je serai veuve ? Tu y as songé, égoïste ? Avec quoi, je les élèverai, les petits ? Qui leur donnera à manger ? Il faudra que je tende la main ou que je me prostitue !

Bien que nettement invraisemblables, ces deux hypothèses plongèrent le couple dans une atmosphère dramatique à souhait. Mélangeant leurs larmes et leurs reproches, ils vécurent quelques minutes d'une rare intensité. A bout d'argument, Giulietta usa de la mauvaise foi.

— Et qui m'assure que tu ne pars pas avec une autre femme ?

Roméo resta bouche bée. Il s'attendait à tout sauf à ça. Il rugit :

— Tu es folle ou quoi, Giulietta ?

Mais la signora Tarchinini était perdue dans une trop belle colère pour se donner le temps de réfléchir. Il lui fallait trouver des raisons justifiant son désespoir et ces raisons, elle les trouvait et finissait par y

croire pour si absurdes qu'elles puissent être.
Se souvenant de tous les magazines feuille-
tés chez le coiffeur, elle gémit :

— Là-bas, il n'y a que des blondes qui
se promènent en bikini!

— A mon âge, tu sais, Giulietta...

— Tu es encore bel homme, monstre!

Flatté de cette remarque lui chatouillant
agréablement l'amour-propre, le commissaire se redressa et convint, faussement
modeste :

— Je ne dis pas que je ne puisse encore
produire mon petit effet...

La signora eut un hoquet de désespoir qui
obligea son mari à la prendre dans ses bras,
manœuvre difficile car Giulietta était d'un
volume imposant.

— ... Mais pourquoi irais-je chercher
ailleurs ce que j'ai la chance de posséder
chez moi? Pour moi, tu seras toujours la
plus belle, Giulietta mia...

Bercée par la chaleur ronronnante de
cette voix au charme de laquelle elle n'avait
pu résister trente années plus tôt, la signora
se laissait bercer, les yeux clos, se persua-
dant qu'après tout, elle n'était pas indigne
de rivaliser avec les stars d'Hollywood.

Elle aussi, avait beaucoup d'imagination.

— En tout cas, je te préviens, Roméo, si tu ne reviens pas, je pars te chercher avec les bambini!

* * *

Dans la belle maison qu'elle partageait avec la famille de son mari, Giulietta Leacok achevait son petit déjeuner lorsqu'elle reçut le câble expédié par son père et lui annonçant sa venue. D'abord, la jeune femme fut tout à la joie de revoir le cher papa dont les colères, la tendresse, les histoires lui manquaient terriblement dans la haute société puritaine où il lui fallait vivre. Elle riait d'avance aux surprises et réflexions de Roméo mis en présence des réalités bostoniennes. Ensuite, le doute se glissa en elle quant aux réactions du clan guindé des Leacok lorsque le commissaire Tarchinini y ferait irruption. Giulietta se sentit si inquiète des conséquences imprévisibles de cette confrontation qu'elle ne put se tenir d'aller en faire part à son mari.

Dans son beau bureau que n'importe quel ministre de la vieille Europe lui eût envié,

Cyrus A. William n'avait guère changé depuis son aventure véronaise (1) qui lui avait valu d'épouser Giulietta Tarchinini. Il gardait l'allure guindée du Bostonien de la « high society », mais son séjour italien en lui ouvrant les yeux sur le monde, l'avait dissuadé de croire que seuls les Américains savaient vivre. Au vrai, s'il l'avait osé, il aurait renoncé à tous ces postes honorifiques que lui valait la fortune de son père, sa place dans l'échelle sociale et sa science approfondie de la criminalité sous toutes les latitudes, pour filer vivre sans cravate et les pieds dans des sandales, sous le beau soleil italien. Mais le puritanisme dans lequel il avait été élevé, empêchait Cyrus de vivre comme un homme libre. Heureusement pour lui que Giulietta demeurait à ses côtés pour l'empêcher de se dessécher l'âme.

L'héritier des Leacok, écrivait une belle phrase sur la justice politique lorsque sa femme entra sans frapper. Tout de suite, l'atmosphère austère de la pièce s'en trouva transformée. Giulietta était jolie, peut-être pas plus jolie que nombre d'Américaines que

(1) Cf. *Chewing-gum et spaghetti.*

Cyrus fréquentait dans les salons de Boston, mais sa beauté s'affirmait plus chaude, plus vivante, moins soumise aux masseurs, visagistes et autres artistes du corps féminin. Dans le milieu compassé des Leacock, la fille des Tarchinini apportait la turbulence, la joie de vivre sans se soucier du qu'endira-t-on. A son contact, la jeune sœur de Cyrus, Patricia, avait osé recommencer à rire en présence de ses parents et à ne plus prendre, comme venus de l'Éternel, les jugements de la haute société. En face de ces impertinences, la famille — après une vaine réaction que la gentillesse naturelle de Giulietta avait désarmée — s'était avouée vaincue et souffrait qu'on ne prît plus ses remarques pour paroles d'Évangile.

A la vérité, Giulietta avait été longue à s'adapter à une ambiance qui la changeait tellement de celle régnant dans la via Pietra et, plus d'une fois, elle s'était sentie sur le point de tout envoyer promener et de reprendre le chemin de l'Italie. Mais elle aimait son mari qui l'aimait. Pour lui, elle avait résisté d'abord, combattu ensuite, pour, finalement, triompher et gagner une liberté qu'on ne songeait plus à lui marchan-

der. Pleine de bonne volonté, elle s'était mise
à apprendre l'américain et, au bout d'un
an, se débrouillait assez bien dans cette
langue, mais s'entretenait toujours en italien avec son époux. Un moyen facile de
défendre leur intimité.

A la vue de sa femme, un large sourire
éclaira le visage du juriste.

— Voilà une bonne surprise, chérie !

— Excuse-moi de te déranger, mais je
viens de recevoir un câble de Vérone.

— Pas une mauvaise nouvelle, au
moins ?

— Je ne sais pas.

— Tu ne sais pas ?

— Mon père arrive.

— Non ? Roméo à Boston ? Mais, c'est
formidable ! Et tu n'appelles pas cela une
bonne nouvelle ?

— Bien sûr, je suis heureuse de le revoir,
mais...

— Mais ?

— ... Comment vont-ils réagir ici ?

Rappelé aux réalités, Cyrus garda un instant le silence avant de conclure :

— Évidemment...

*
* *

Même si tous les habitants de la via Pietra devaient, par suite d'un décret de l'Éternel, jouir de l'immortalité terrestre, aucun n'oublierait le départ du commissaire Roméo Tarchinini pour Milan en vue de prendre l'avion pour New York.

Pourtant, le drame familial s'était apaisé lorsque, enlacés, Roméo et Giulietta s'étaient assurés mutuellement d'un amour, d'une fidélité qui ne disparaîtraient qu'avec leur propre vie. A la suite de quoi, la signora Tarchinini avait consenti à faire les raviolis de la réconciliation tout en commençant à énumérer la longue liste de messages qu'elle chargeait son mari de transmettre à leur fille exilée. Roméo écoutait la litanie d'une oreille distraite parce que tout entier occupé de ce qu'il allait manger.

La crise avait de nouveau éclaté lorsque le moment des adieux était venu. Les enfants dispensés de se rendre à l'école avaient commencé par se féliciter de cette aubaine inespérée puis, peu à peu, au fur et à mesure que l'heure avançait, ils avaient senti l'atmosphère de la maison changer et s'étaient figés, même Gennaro, le benjamin, dans une expectative inquiète.

A cinq heures, ses valises bouclées, Roméo déclara d'une voix tremblante, tout en se forçant à une jovialité qui sonnait terriblement faux :

— Ma qué! si je continue de la sorte, je vais être en retard!

En réponse, Giulietta — perdant tout contrôle — fit entendre un long et lugubre gémissement qui, dans le moment, déclencha les larmes de Gennaro, de Fabrizio et de Rosanna. Gagnés par la contagion, les aînés ne tardèrent pas à mêler leurs plaintes à celles de leurs cadets et de leur commune mama. Devant un pareil spectacle, Tarchinini ne put y tenir et, à son tour, se transforma en fontaine. En quelques minutes, l'accueillant appartement de la via Pietra ressembla au Mur des Lamentations un jour de pénitence publique. La sonnerie guillerette de l'horloge laissa tomber sa chanson incongrue dans ce spectacle de désolation. Roméo se coiffa de son chapeau mou des dimanches. Ce geste déclencha chez sa femme une véritable panique.

— Tu aurais le courage de t'en aller, homme sans conscience?

Désemparé, le commissaire essaya de faire appel au bon sens.

— Ma qué! Giulietta, le train il ne m'attendra pas, hé?

— Si tu pars, je me tue!

— Allons, allons, reprends-toi!

— Je te jure que je me tue! et les bambini? tu y penses aux bambini, père dénaturé? Ils n'auront plus ni maman ni papa! C'est ça que tu veux? Dis-le! Aie donc le courage de le dire, sans cœur!

Les voisins se mirent à tendre l'oreille et, dans la rue, des passants commencèrent à s'arrêter sous les fenêtres des Tarchinini.

Devinant que la scène s'affirmait sans issue, le commissaire se tourna vers les enfants.

— Je compte que vous serez plus raisonnables que votre mama, hé!

Mais Gennaro déclencha l'attaque. Il s'agrippa aux pantalons de son père en hurlant :

— Pars pas! Pars pas!

Fabrizzio empoigna un bras paternel en gémissant :

— Reste avec nous, papa! Reste avec nous!

Rosanna, ayant oublié son mysticisme, hurlait :

— Ne nous laisse pas, papa! Nous laisse pas!

Alba, ayant passé ses bras autour du cou paternel, étranglait l'auteur de ses jours et lui pleurait dans l'oreille en lui chuchotant :

— Qu'est-ce qu'on deviendra sans toi?

Quant à Renato, il était allé se placer devant la porte dont, bras et jambes écartés, il interdisait l'accès.

A travers les cris leur parvenant, des voisins jugeaient que Tarchinini songeait à abandonner sa famille et, oubliant tout ce qu'ils savaient du ménage Tarchinini, s'en indignaient et se consultaient pour décider s'ils devaient ou non intervenir. Dans la rue, les curieux s'agglutinaient pour commenter un drame qu'ils essayaient de comprendre par les échos leur parvenant. Un pessimiste, entrevoyant déjà le fait divers sanglant, s'en fut chercher un agent. Ce dernier, un jeune dans le métier et qui n'était pas au courant des habitudes de la via Pietra, se précipita, animé par un zèle des plus respectables. Son coup de sonnette suspendit pour un temps le concert de cris et de vociférations. Ce fut le commissaire lui-même qui ouvrit la porte, découvrant avec effarement, derrière le représentant de la loi, la mine inquiète des voisins. L'agent repoussa Roméo d'une main ferme.

— Qu'est-ce qu'il se passe ici ?

Sans attendre l'invite, il pénétra dans la pièce où la famille, épuisée, reprenait souffle en avalant ses larmes. Stupéfait, le policier se tourna vers Roméo.

— Qu'est-ce qu'ils ont ?

— De la peine.

— Pourquoi ?

— Parce-que je pars en voyage.

Le jeune agent prit un air malin.

— En voyage, hé ! Et où ça ?

— Et en quoi cela vous regarde-t-il ?

— Oh ! oh ! faudrait voir à le prendre sur un autre ton !

— Je le prends sur le ton qu'il me plaît !

— Et si je vous emmenais au poste, histoire de vous expliquer ?

— Et si je vous faisais déplacer pour votre sottise ?

— Quoi ?

— Ma qué! vous commencez à me casser les pieds, jeune homme! Retournez à votre travail et en vitesse si vous ne tenez pas à avoir de gros ennuis!

— Vous me menacez ?

— Parfaitement!

— De quel droit ?

— Du droit que me donne mon grade de commissaire de police!

L'agent parut frappé par la foudre. Comme gaffe, c'était monumental! Il balbutia :

— Vous... vous êtes...

— Commissaire Tarchinini de la police criminelle.

— Ah!... Alors, ça change tout... Je vous faits mes excuses, signor commissaire... je... je ne pouvais pas deviner, hé? C'est cet imbécile qui est venu me dire qu'on s'égorgeait... Celui-là, si j'y mets la main dessus!

Roméo profita de la présence du policier pour prendre congé des siens et s'en aller en compagnie de l'agent qui tint absolument à porter ses valises, du moins jusque dans la rue, afin de montrer sa bonne volonté et sa contrition.

Les voisins rentrèrent chez eux, dépités et les curieux s'égaillèrent, frustrés. L'agent — le commissaire disparu — remontait prendre son poste lorsqu'il reconnut celui qui l'avait fourvoyé dans cette méchante histoire. Sans hésiter, il fonça.

— Alors, l'ami, on est content de sa bonne plaisanterie, hé ?

L'interpellé, quelque peu affolé, essaya de se défendre.

— Mais je vous assure que...

— Venez vite ! On s'étripe ! On s'égorge ! C'est tout juste si on ne pataugeait pas dans le sang, hé ?

— Je croyais de mon devoir de...

— Je me précipite et qu'est-ce que je trouve ? Un homme qui prend congé de sa famille parce qu'il part en voyage ! Et qui passe pour un imbécile, hé ?

— Je suis navré.

— Et qui donc était ce signore emportant ses valises ? Rien d'autre que le commissaire Tarchinini qui peut, s'il le veut, briser ma carrière ! Ma qué ! vous vous en foutez de ma carrière, hé ? Et si on me met à pied, qui aidera ma pauvre mère à ne pas mourir de faim, hé ? Vous peut-être ? Qu'est-ce qu'elle vous a fait, ma pauvre mère, pour que vous souhaitiez la voir mourir de faim, hé ?

— Mais rien du tout! En voilà une idée! Vous êtes ivre, ma parole ?

— Alors, maintenant, après avoir essayé de ruiner mon avenir et de briser la vie de ma pauvre mère, vous m'insultez ? Votre compte est bon, l'ami! Suivez-moi!

— Où ça ?

— Au poste, pour troubler l'ordre public, insulte à agent dans l'exercice de ses fonctions, volonté clairement démontrée de porter atteinte à la réputation de la police véronaise. Elle risque de vous coûter cher, votre plaisanterie, hé ?

**

Chez les Leacok, si l'on mangeait mal, c'était toujours avec une grande solennité. A la gigantesque table en sycomore, Elmer B. Leacok, le père de Cyrus, un homme à cheveux blancs, de belle allure et qu'on ne se rappelait pas avoir vu rire depuis le collège, présidait. Sa femme, Margaret lui faisait face. Austère, impassible, elle incarnait le symbole irréprochable de la « femme-comme-il faut » pour qui prêter la moindre

attention à quoi que ce soit se révélait un
signe de vulgarité. A la droite d'Elmer, sa
sœur, Miss Charity Leacok, une vieille
fille tout en os, mais brûlant du zèle impitoyable qui convenait à la Présidente des
« Pionnières du Vieux Temps », association
féminine tyrannisant la bonne société de
Boston parce que toujours à l'affût du
scandale. A la gauche de Margaret, le doux
et paisible révérend Lyndon W. Armbridge
remplissait le rôle de chapelain auprès des
« Pionnières du Vieux Temps ». A la gauche
d'Elmer, Giulietta, sa belle fille ; à la droite
de Margaret, Cyrus, son fils. Près de Cyrus se
trouvait Janet Parker, une jeune fille amie
de Patricia, laquelle avait pris place auprès de
Giulietta avec qui elle s'entendait très bien.

Cyrus attendit que son père ait fini de
prophétiser sur les malheurs devant obligatoirement accabler les Américains pour
s'être donnés un président démocrate, que
sa tante ait terminé sa longue diatribe sur les
mœurs de la jeunesse, que sa mère ait stigma-
tisé comme il convenait la tenue de Mrs Blen-
ford qu'on avait rencontrée deux fois de
suite avec son cousin, pour annoncer :

— Giulietta a reçu un câble de Vérone.

Seul, Elmer haussa les sourcils. Pour Charity et Margaret, Vérone était une sorte d'oasis perdue dans ce désert qu'était à leurs yeux le vieux continent où, pour rien au monde, elles n'eussent accepté de poser le pied, de crainte de perdre la part de paradis réservée par un dieu snob aux gens de qualité et bien pourvus de rentes.

— Son père, le commissaire Tarchinini, annonce son arrivée. Il sera là en fin d'après-midi.

Leacok senior sourit à sa belle-fille dont il aimait la santé morale et physique.

— Je me fais une joie, Giulietta, de rencontrer Monsieur votre père. Naturellement il logera ici.

Margaret opina :

— Je suis sûre, ma chère, que votre père est un homme comme il faut.

Quant à Charity qui avait d'abord accueilli Giulietta avec méfiance, convaincue que toutes les filles d'Europe ne pouvaient être que des dépravées, lui avait assez vite su gré de son maintien, de sa piété et de la déférence qu'elle savait lui témoigner en toute occasion, elle déclara de sa voix de tambour-major :

— J'irai le recevoir à l'aéroport à la tête d'une délégation de mes Pionnières. Je compte sur votre présence, Révérend.

— Bien sûr, Miss, et j'ai moi-même hâte de connaître le commissaire Tarchinini pour le féliciter de la manière dont il a élevé sa fille.

A travers la table, Giulietta et son mari échangèrent un regard empli d'une commune anxiété.

* * *

L'hôtesse de l'air qui installa Roméo à sa place dans l'avion, affirmait bien des mois plus tard que jamais elle n'avait eu l'occasion d'accueillir un passager de cette sorte.

A peine assis dans son fauteuil, Tarchinini commença par déclarer à la jeune fille qu'elle était bien la plus ravissante créature qu'il ait jamais eu l'occasion de rencontrer et que s'il devait mourir en sa compagnie, le trépas lui semblerait plus facile. D'abord un peu ahurie par cette déclaration enflammée, l'hôtesse prit le parti d'en rire. Ce que voyant, Tarchinini lui saisit les mains dans les siennes et, d'une voix sourde autant que passionnée, s'enquit :

— Entre nous, là, franchement, pensez-vous qu'on ait une chance d'arriver ?

— D'arriver où, signore ?

— Mais à New York ?

— Et pourquoi n'y parviendrait-on pas ?

Le commissaire chuchota presque :

— Si on tombait...

— Voulez-vous bien vous taire ! En voilà des idées ! Si les autres passagers vous entendaient !

Rassuré par la véhémence contenue de son interlocutrice, le mari de Giulietta retrouva son calme jusqu'au moment où les moteurs se mirent à gronder dans un tonnerre qui lui sembla annoncer la fin de tout. Un pareil fracas ne pouvant, à ses yeux, que se terminer en cataclysme. D'abord, il voulut redescendre et on eut toutes les peines du monde — le stewart s'étant porté à la rescousse — pour le ramener à sa place où l'on dut boucler sa ceinture de sécurité. Alors, Roméo tomba dans un abattement profond sous les regards amusés des habitués. Résigné, il attendait la mort en essayant de marmonner des prières destinées à lui faciliter l'entrée au paradis. A la fin, n'y tenant plus, il s'enquit auprès de son voisin :

— Mais quand allons-nous partir ?

L'autre le contempla, surpris.

— Ma qué ! nous sommes partis depuis un quart d'heure !

Quand il fut dans l'obligation de constater que rien de ce qu'il appréhendait ne se produisait et qu'il était moins secoué que dans une auto, Tarchinini retrouva sa bonne humeur et entama un discours à l'intention de son compagnon de voyage pour lui expliquer l'étonnante famille dont il était le chef vénéré et pour qu'elles raisons il se rendait à Boston. Emporté par son sujet, il ne s'aperçut pas que son interlocuteur dormait.

Christophe Colomb posant le pied sur le rivage de San Salvador ne dut pas goûter une minute plus triomphale que celle savourée par Roméo Tarchinini descendant à l'aéroport de New York . Ivre de l'ivresse de celui qui, ayant traversé tous les périls, se retrouve miraculeusement sain et sauf, le commissaire tint absolument à embrasser l'hôtesse de l'air, à serrer la main de tous les passagers et il serait volontiers allé féliciter l'équipage d'avoir su conserver un père aux bambini de la via Pietra si on ne l'avait entraîné précipitamment vers l'avion de

Boston qui ne semblait guère attendre que lui pour décoller.

Dans cet appareil, l'atmosphère n'était plus la même que dans le précédent. Ici, point d'Européens, mais uniquement des Américains avec une forte proportion de Bostoniens regagnant leurs pénates. L'hôtesse, guindée, ressemblait à un mannequin et toutes les amabilités familières de Roméo fondirent au froid de ce joli iceberg. Dépité, le commissaire voulut s'adresser à son voisin, mais dès les premiers mots en italien, il fut arrêté par un regard glacé tandis que, d'une voix sèche et coupante, on remarquait :

— Je ne crois pas que l'on nous ait présentés ?

Le mari de Giulietta s'il ne comprit pas le sens des mots, devina la signification générale de la phrase, se tint coi, sa bonne humeur subitement envolée.

Sur l'aéroport de Boston, Cyrus et Giulietta étaient dans leurs petits souliers. Seuls ils eussent pu pallier les conséquences de l'impétuosité véronaise manifestée par leur père et beau-père et le persuader qu'à Boston on ne se conduisait pas exactement comme dans la via Pietra. L'un et l'autre ne parvenaient pas à réprimer leur angoisse en songeant à ce que serait le premier contact de Roméo et des « Pionnières du Vieux Temps », dont un trio, ressemblant à des cigognes qui, du haut de leur cheminée, se demanderaient quel temps il allait faire, se tenait presque au garde-à-vous derrière Miss Charity Leacok, auprès de laquelle le Révérend Armbridge remplissait son rôle de conseiller qu'on ne consultait jamais.

Lorsque l'avion de New York pointa dans le ciel, Giulietta crut que son cœur s'arrêtait de battre. Le gros appareil se posa doucement et la femme de Cyrus poussa une exclamation de joie en devinant la silhouette paternelle dans la file indienne des passagers. Visiblement perdu, Roméo regardait de tous côtés dans l'espoir de découvrir son gendre ou sa fille. Déjà, il se voyait égaré dans une ville étrangère où il ne pourrait se faire comprendre. Enfin, à son grand soulagement, il reconnut son enfant bien-aimée et poussa un Giulietta! qui obligea tout le monde à se retourner. Se jetant littéralement dans les bras de sa fille, Tarchinini la couvrait de baisers, l'écartant un peu pour mieux la contempler, l'embrassant de nouveau tout en gémissant, riant et pleurant. A moitié suffoquée, Giulietta réussit à se dégager et, coupant court à la litanie que son père entreprenait de lui réciter concernant l'état de santé de sa mama et des bambini, elle observa doucement :

— Papa, tu ne dis pas bonjour à Cyrus ?

Incontinent, Tarchinini abandonna sa fille et sauta au cou de son gendre qui, ne s'attendant pas à cet assaut, lui tendait la main. Tandis que les moustaches de son beau-père lui chatouillaient désagréablement les joues, Leacok sentait un picotement à la nuque, là où sa tante et ses Pionnières devaient le regarder, horrifiées par un tel manque de tenue.

Il ne se trompait pas. Miss Charity Leacok, effarée par ces démonstrations d'un mauvais goût monstrueux, interrogeait son compagnon :

— Je rêve ou quoi, Révérend ?

— C'est-à-dire, ma chère amie...

— C'est-à-dire que ces Européens ont des

habitudes dégoûtantes! Des mœurs de sauvages!

— Je fais appel, Miss Leacok, à votre esprit de charité.

— Quand j'aurai besoin de vos sermons, Révérend, je vous ferai signe.

Le moment venait où Tarchinini devait affronter les Pionnières. Avec l'aisance d'un condamné à mort grimpant sur la chaise électrique, Cyrus, prenant son beau-père par le bras, l'amena devant la sœur de son père.

— Mon cher ami, permettez-moi de vous présenter ma tante, Miss Charity Leacok... Roméo Tarchinini, le père de Giulietta.

La cheftaine des Pionnières ouvrait la bouche pour lancer une remarque désagréable à Roméo, lorsque ce dernier s'exclama :

— La tante ? Alors, elle est de la famille, hé ?

Et, sans plus de façon, il prit la vieille fille dans ses bras, l'étreignit, la pelota respectueusement, l'embrassa à plusieurs reprises sous les yeux horrifiés des pionnières, et à la grande joie du Révérend qui prenait cependant soin de ne rien trahir de sa gaieté. Quant à Charity, devenue ponceau, elle faisait penser au cratère du Vésuve sur le moment d'entrer en éruption. Etre ainsi traitée devant tout le monde! Elle! Miss Leacok! Ce malotru se conduisait à son égard comme avec une fille! Pourtant, n'ayant jamais été embrassée, une sorte de douceur s'insinuait en elle, tempérant son indignation. Cyrus réussit à arracher sa tante des bras de son beau-père et chuchota à la demoiselle :

— Il dit que vous êtes formidable et qu'il n'a jamais encore rencontré une femme ayant une pareille allure.

Le compliment inventé rasséréna quelque peu Charity.

— Il est certain que ce gentleman est d'une spontanéité inattendue, mais il paraît cependant avoir le jugement sain. Pourquoi s'habille-t-il de façon aussi ridicule ?

— C'est... c'est la mode de Vérone.

Charity eut un long hennissement.

— Vous entendez, Révérend ? Et l'on vient nous dire que l'Italie est la Mère des Arts!

Il y avait longtemps que Lyndon W. Armbridge ne reprenait plus Miss Leacok dont la confiance et la protection lui assuraient une existence décente. Il supportait les foucades de la vieille fille comme une épreuve imposée par le Seigneur et écoutait délirer les Pionnières en regrettant, parfois, que son état l'empêche de les étrangler une à une.

Miss Leacok présentait Tarchinini à ses troupes.

— Mr Tarchinini... Mrs Peabody... Mr Tarchinini, Miss Hornet... Mr Tarchinini... Miss Matthews.

Prenant son élan pour assaillir ces dames d'étreintes familiales, Roméo éprouva toutefois un scrupule et, avant d'entreprendre sa série d'embrassades, interrogea son gendre :

— Encore des tantes ?

— Non, non! Des amies... des relations...

— Je préfère!

Et, avec des ronds de jambes que n'eut point désavoué un petit marquis habitué de l'Œil de Bœuf, avec des courbures d'échine qui eussent satisfait le monarque le plus exigeant sur le chapitre de l'étiquette, le Véronais entreprit sous les regards intrigués d'abord, amusés ou inquiets ensuite des assistants, une série de révérences, de salutations, de pirouettes se terminant par un baise-main qui s'affirmait le clou de cette gymnastique, insolite pour des Bostoniens. Au surplus, cette démonstration était accompagnée d'exclamations faussement ravies, hypocritement enthousiastes, du genre : « Qué bella! qué graziosa! » Les Pionnières ne se seraient pas montrées plus déconcertées si elles avaient été attaquées par un détachement d'Indiens sortis de leur Réserve pour repartir sur le sentier de la guerre.

Le soir même, chez tout ce qui compte à Boston, on ne parlait que de ce curieux personnage débarqué à l'aéroport et qui s'était conduit de manières proprement scandaleuse en compagnie des Leacok et certaines Pionnières qui n'avaient point été choisies pour constituer le comité d'accueil désigné par Charity, se promirent d'exiger des explications lors de la prochaine réunion de leur association.

Afin d'essayer d'enrayer les démonstrations excessives de son beau-père, Cyrus avait réussi à refourer tout le monde dans les voitures et le hasard voulut que le Révérend — tant la précipitation avait été grande — se trouvât assis à côté de Tarchinini qu'il jugeait éminemment sympa-

thique. Ayant, autrefois, dirigé une paroisse
où l'élément italien dominait, il parlait un
peu la langue de Dante. Il réunit son savoir
ancien pour déclarer à son voisin :

— Mr Tarchinini, je suis heureux de vous
connaître... Vous me semblez un fort brave
homme...

Ému, le commissaire répondit à cette
déclaration d'amitié, en assenant une claque
sur la cuisse du pasteur et en affirmant :

. — Vous aussi, vous me plaisez!

Le Révérend réprima une grimace et
écarta précautionneusement sa jambe.

— Quant à votre fille, Giulietta, permettez-moi de vous en faire compliment. C'est
une jeune femme parfaite en tout point.

— Le contraire eût été surprenant!

— Pourquoi?

— Ma qué! parce qu'elle est ma fille,
hé?

On installa le nouveau venu dans une
chambre somptueuse dotée de tout le confort
imaginable. Une série de boutons déclen-
chaient des mécanismes silencieux obligeant

les meubles à une sorte de ballet paraissant
sortir d'un film d'avant-garde. Tout de suite,
Roméo s'acquit la bienveillance attendrie
du personnel. Il commença par traiter Angelo, le maître d'hôtel — né à New York d'une
mère napolitaine, et parlant fort bien l'italien de Naples — non seulement comme un
compatriote, mais encore comme s'il était
un ami d'enfance, et entreprit de lui raconter sa vie. Le domestique, accoutumé à la
discipline bostonienne, commença par le
prendre de haut, mais très vite vaincu par la
gentillesse de l'Italien, rejeta le carcan
l'étouffant depuis des années et ne tarda pas
à lui confier ce qu'il pensait de ses maîtres.
Horrifié (parce qu'il songeait à sa fille),
Tarchinini apprit qu'Elmer possédait à peu
près autant de cœur qu'un tigre affamé, que
Margaret avait un code des bonnes manières
en guise de cerveau, que la tante Charity
aurait été enfermée depuis longtemps si elle
n'avait été une Leacok. Seule, Patricia se
montrait digne d'intérêt, les autres n'ayant
pas encore réussi à la gâter. Quant à la jeune
Mrs Leacok, elle faisait penser à un ange en
visite sur la terre et qui, pour son malheur,
se serait fourvoyé dans un mauvais lieu. A

cette description de sa fille, Roméo ne put se
retenir de pleurer ni d'embrasser le maître
d'hôtel qui en marqua quelque surprise. En
bref, une demi-heure après leur premier
contact, Angelo et Tarchinini s'affirmaient
les meilleurs amis du monde et trinquaient
— avec le whisky des Leacok — à l'alliance
de Rome et de Washington.

De retour à l'office, Walter entretint la
domesticité de la gentillesse de l'hôte des
Leacok et donna des ordres impératifs pour
qu'il soit traité avec le plus de courtoisie et
de déférence possible, mais une déférence
familière afin de bien lui montrer qu'on le
tenait en particulière estime. La plus délu-
rée des femmes de chambre, Priscilla, voulut se rendre compte par elle-même (étant
d'une nature sceptique) et, sous un falla-
cieux prétexte, se rendit chez Roméo. A la
vue de la belle fille, Tarchinini se laissa
tout de suite emporter par sa fougue naturelle. Il lui adressa un discours enflammé
dont Priscilla ne comprit naturellement pas
un traître mot, mais où il la comparait à
Vénus se promenant dans l'Olympe, lui
assurant que s'il avait quinze ans de moins,
il serait capable de commettre les pires folies

en son honneur, que si elle n'avait pas une douzaine d'amoureux s'entretuant tous les soirs pour ses beaux yeux, c'est que la race américaine s'affirmait complètement dégénérée. A bout d'arguments et désespérant de n'être pas entendu, il conclut sa harangue par une tape plus ou moins paternelle sur le derrière de la femme de chambre qui, peu faite à ses manières chez les Leacok, poussa un oh! plus amusé q'undigné. Cette scène acheva d'assurer la sympathie du personnel au commissaire et la cuisinière, Mrs Bailey, jura qu'elle soignerait particulièrement le breakfast de ce charmant Italien.

Les choses ne se passèrent pas aussi bien avec le maître et la maîtresse de maison. La grande présentation eut lieu peu avant le déjeuner. Sur les instances de son amie, Patricia, Jane Parker était revenue pour être une des premières à connaître le père de Giulietta. Tout commença mal du fait que les deux jeunes filles pouffèrent en voyant apparaître Roméo dont la tenue autant que le physique les inclinèrent à penser qu'il sortait tout droit d'un film comique. Mr et Mrs Leacok dissimulèrent leur étonnement sous leur masque d'impassibilité habituel, Elmer se contentant de regarder sa fille de son œil le plus bostonien. Si Giulietta et Cyrus se rendirent parfaitement compte de la désastreuse impression causée par leur père et beau-père, le héros de l'aventure, à mille lieues d'imaginer qu'on pouvait le juger grotesque, s'empressait. Il serra avec chaleur la main d'Elmer Leacok et, avant que Cyrus ait pu prévenir son geste, embrassa affectueusement Margaret qui devint livide tant un pareil manque d'éducation lui ôtait tout réflexe défensif. Elle n'eut pas la force d'articuler un mot, se croyant, tout de bon, perdue de réputation. Patricia fit moins de manières et rendit avec chaleur ses baisers à Roméo, histoire de rattraper sa mauvaise tenue, de ne point peiner Giulietta et parce qu'après tout ce bonhomme scandalisant sa mère, destiné à semer le trouble partout où on le présenterait, lui plaisait. Cyrus ayant omis d'avertir son beau-père que Janet Parker n'était ni sa sœur, ni sa cousine, mais la fille unique du richissime banquier Jérémie Parker, cette dernière eut droit, elle aussi, aux accolades passionnées de Tarchinini et ce d'autant plus qu'elle était mignonne à croquer comme l'estimait le fougueux Italien.

Trop bien élevés pour manifester leur réprobation, les Leacok se gélifièrent. Margaret se transforma en iceberg soucieux de son avenir parce que chatouillé par le Gulf-Stream, Elmer montra l'amabilité particulière d'un gardien de prison dont le pensionnaire vient de s'évader et le repas eut lieu dans une atmosphère rappelant celle qui règne au Groënland, en janvier.

Le soir même, dans sa chambre, Roméo écrivit à sa femme qu'il ne tarderait pas à reprendre l'avion du retour et qu'il comptait bien ramener leur fille qu'on ne pouvait décemment laisser vivre plus longtemps parmi des attardés mentaux.

CHAPITRE II

Ce matin-là, Janet Parker se sentait de très méchante humeur. La veille au soir, pour une sottise, elle s'était disputée avec sa belle-mère, la jolie Carol, ancienne danseuse de music-hall que seule la fortune de Jérémie Parker avait pu faire accepter dans la haute société. Les deux femmes se détestaient. Janet considérait Carol comme une usurpatrice et Carol soupçonnait Janet de l'épier, de la surveiller sans cesse, afin de faire des rapports défavorables sur son compte à son père. Janet serait bien volontiers partie vivre auprès de sa mère qui, depuis son divorce, dirigeait un magasin de frivolités à Boston, si elle n'avait craint qu'en son absence, Carol ne dissipât la fortune paternelle, par ses extravagances. Elle demeurait pour protéger Jérémie que tout le monde redoutait et qui, en face de Carol, devenait aussi naïf qu'un enfant.

Pour se détendre les nerfs, Janet décida d'aller se fatiguer sainement en effectuant un parcours de golf.

Il y avait trois jours que Roméo Tarchinini se morfondait chez les Leacok. En dépit de ses efforts, de ses explications, il n'avait pu convaincre Giulietta d'avouer qu'elle était horriblement malheureuse et qu'elle se voulait prête à sacrifier Cyrus, sa fortune, et les États-Unis pour retrouver l'atmosphère de la via Pietra, la tendresse de la mama, l'affection des bambini. Au contraire, la jeune femme déclarait qu'après une période d'adaptation difficile, elle s'était faite à son existence nouvelle et cela parce que son mari l'aimait et qu'il s'ingéniait à écarter de sa route tout ce qui aurait pu la gêner. Patricia la chérissait comme une sœur, Elmer et Margaret lui témoignaient toute l'affection dont ils étaient capables. Il n'était pas jusqu'à la terrible Charity qui ne lui marquât une sympathie agissante depuis qu'elle avait pu se rendre compte que bien qu'Italienne, Giulietta ne ressemblait pas à Messaline.

Roméo n'acceptait pas ces explications parce que cela dépassait son entendement que sa propre fille puisse se trouver heureuse loin de lui, de la mama, des bambini, de la via Pietra, de Vérone et du soleil italien.

— Ma qué! je ne te crois pas! Tu me racontes tout ça pour m'éviter de mourir de remords! Tu me joues la comédie!

— Mais non, papa, je t'assure que je suis sincère.

— Alors, c'est que tu es complètement dégénérée! Tu n'es plus mon enfant! Je te renie!

— Enfin, papa, tu ne vas pas me reprocher d'aimer mon mari!

— Je te reproche de ne plus aimer ton père!

— Ce n'est pas la même chose!

— Parfaitement! Ce n'est pas la même chose : cet Américain, tu le connais depuis moins de deux ans, et moi, hé? il y a combien de temps que tu me connais? Ingrate!

Tu penses que je pourrais mourir là-bas, à Vérone, sans que tu sois là ? Tu oserais te présenter à la Giacomini, à la Velacci, à la Bertoglio, nos voisines, et leur demander : « Vous qui étiez auprès de lui, vous ne pourriez pas me raconter comment il est mort mon papa, hé ? »

— En un pareil cas, il y aurait au moins la mama pour me mettre au courant.

Tarchinini considéra sa fille avec une stupeur sincère avant de s'exclamer :

— Tu imagines que ta maman me survivrait ? Nous mourrons, elle et moi, la main dans la main. On se l'est promis le jour de notre mariage !

Partagée entre l'envie de rire et l'envie de pleurer, Giulietta prenait conscience de ce que son séjour américain l'avait changée. Elle n'attachait plus grande importance aux malédictions, supplications et prophéties paternelles. Elle avait perdu cette surprenante faculté de voir le monde à travers un rideau transparent de théâtre, d'attacher aux mots plus d'importance qu'ils n'en ont. Il avait fallu cette confrontation avec son père pour que ce changement lui apparût clairement. Elle ne

savait pas si elle s'en trouvait heureuse
ou malheureuse. Mais une chose était certaine : ces scènes quotidiennement répétées
la fatiguaient. Après tout, elle n'était peut-
être bien qu'une ingrate ? En tout cas, elle
n'avait élevé aucune objection lorsque
Roméo avait exigé — sous menace de
repartir sur l'heure — qu'Angelo, le maître
d'hôtel parlant italien, fut délivré de son
service et attaché à sa personne comme interprète et, en vérité, en qualité de confident.
Prévenus, les Leacok renâclèrent sérieusement, mais ne tenant pas à fréquenter
Tarchinini avec assiduité, ils avaient accepté
de mettre Angelo en vacances durant le
séjour du commissaire véronais. Dès lors,
les deux hommes ne se quittèrent plus sauf
pour les scènes intimes dont Roméo raffolait. Sa nature exubérante exigeait le rire
ou les larmes, l'amour ou le désespoir.

Après chaque discussion avec sa fille,
Tarchinini appelait Angelo et lui confiait
son amertume, le félicitait de n'être pas marié
et de ne pas goûter ainsi le chagrin d'un
père abandonné par son enfant...

— Note bien, Angelo (Roméo tutoyait
son confident ainsi que dans les tragédies),

que je n'ai rien contre mon gendre, sauf
qu'il est américain. Tu me diras que je le
savais avant de lui laisser me prendre ma
Giulietta, mais il m'avait promis de me la
ramener à Vérone et de s'installer chez nous.
Ma qué! Je ne veux plus m'occuper d'eux!
Angelo, emmène-moi au golf que je puisse
au moins respirer loin de cette maison qui
ressemble à un tombeau!

Dans la petite voiture que son gendre
avait mise à sa disposition et qu'Angelo
conduisait, Tarchinini se rendait au golf
où Cyrus l'avait introduit et où il avait suscité la curiosité habituelle. Il s'ennuyait là
moins qu'ailleurs, car lorsqu'il faisait beau,
en plissant un peu les paupières, du bar, il
se donnait l'illusion de se trouver dans la
campagne véronaise. Il passait ainsi des
heures au grand air, attendant le moment
décent de reprendre l'avion pour l'Italie. Il
n'éprouvait aucune curiosité pour Boston
relevant d'un monde qui, n'étant pas le
sien, le déconcertait.

— Angelo, peux-tu me dire pourquoi

ces hommes et ces femmes qui ne sont plus de la première jeunesse, s'obligent à cette marche avec des culottes les faisant ressembler à des pingouins?

— Je pense, Monsieur, qu'ils se donnent l'illusion de la liberté.

— Moi, à Vérone...

Et Roméo repartait dans des commentaires infinis sur les attraits de Vérone, sur ce qu'on pouvait faire à Vérone, etc... Janet Parker, en passant devant lui, interrompit sa harangue. Tarchinini éprouvait un faible pour cette gentille petite écrasée par les dollars paternels. Il lui parut qu'elle avait l'air sombre.

— Bonjour, Miss Parker!

Le visage de Janet s'éclaira un peu en reconnaissant Tarchinini.

— Oh! bonjour, Mr Tarchinini, comment allez-vous?

Par le truchement d'Angelo, la conversation s'engagea.

— Moi, bien. Mais vous?

— Je suis un peu nerveuse, ce matin. J'ai raté toutes mes balles. Je préfère rentrer.

— Des soucis?

Une telle curiosité de la part d'un Bostonien eût été impensable, du moins formulée avec autant de simplicité.

— Qui n'a pas de soucis, Mr Tarchinini ?

Sur un gentil sourire, elle le planta là pour rejoindre sa voiture. Roméo, la regardant s'éloigner, murmura :

— Angelo, cette signorina aurait des peines de cœur, que je n'en serais pas tellement surpris.

Fut-ce sa querelle avec Giulietta, sa rencontre avec Janet, mais le commissaire ne se sentant pas en train, demanda à Angelo de le ramener chez les Leacok.

Sur la route les conduisant vers la ville, les deux hommes voient une voiture accidentée. Assis par terre, un garçon se tient la tête entre les mains. Tarchinini et Angelo descendent. L'inconnu légèrement choqué est en train de se remettre. Il raconte qu'une auto conduite par une jeune femme qui devait penser à toute autre chose qu'à regarder devant elle, lui était arrivée dessus. Un coup de volant désespéré avait pu éviter le choc de plein fouet mais les deux voitures étaient entrées violemment en contact et la tête du garçon avait heurté le pare-brise avec assez de force pour le briser, ce qui expliquait le sang lui maculant le front. L'auteur de l'accident n'était repartie qu'après s'être assurée que sa victime n'était pas en trop mauvais état et lui avoir donné son nom et son adresse. Il s'agissait de Jane Parker. Mais dans son énervement, la jeune fille dont l'auto était en état de rouler, avait laisser tomber son porte-cartes bourré de dollars.

— Qu'allez-vous en faire ?

— Le lui rapporter et lui demander de réparer ma voiture.

— Pourquoi ne vous a-t-elle pas emmené ?

— Je ne sais pas. Je n'étais pas en état de bien me rendre compte de ce qu'il se passait. Toutefois, cette personne m'a paru très nerveuse...

— Voulez-vous que nous vous conduisions chez elle ?

— Vous la connaissez ?

— Il s'agit de la fille du banquier Parker. Vous n'avez donc pas de soucis à avoir pour votre indemnité. A moins que vous n'ayez pas besoin d'argent ?

— Oh! si... Je sors de prison.

Il avait annoncé la chose sur un air de

défi. Si Angelo s'en montra impressionné, il n'en fut pas de même pour Roméo.

— Pour un délit important?

L'autre haussa les épaules.

— J'ai cassé la figure de mon patron. Ça m'a coûté toutes mes économies et trois mois de prison.

— Qu'est-ce que vous faites dans la vie?

— Rien. Avant, j'étais ingénieur dans une usine de produits synthétiques.

— Curieux qu'un ingénieur se laisse entraîner à la violence, hé?

— J'avais une amie qui travaillait avec moi. Je l'ai trouvée dans les bras du patron.

Roméo sauta de joie.

—Ma qué! une histoire d'amour! Angelo, dis à ce garçon qu'il est le premier Américain sympathique que je rencontre! A part toi, naturellement, mais pour moi tu es un Napolitain et c'est pourquoi je t'estime.

Quelque peu éberlué par l'enthousiasme de Roméo, le jeune homme s'enquit auprès du maître d'hôtel-interprète-confident:

— Un Italien, hein?

— Oui. Vous lui êtes très sympathique. Il s'appelle Tarchinini.

— C'est bien le premier auquel je sois sympathique depuis quatre mois. Je me nomme Stève Murcy.

Le commissaire serra avec enthousiasme les mains de Stève et lui promit son aide pour tout ce qu'il voudrait entreprendre à seule fin qu'on lui rende justice. Puis il proposa à son nouvel ami de l'emmener se remettre dans un bar et, de là, de l'accompagner chez les Parker qui, peut-être, pour se faire pardonner l'imprudence de Janet, lui trouveraient un nouvel emploi qui permettrait à Murcy de repartir du bon pied. On se congratula, on s'étreignit aux épaules, on se jura une reconnaissance éternelle, une amitié sans limites et l'on s'en fut au premier bar rencontré. Tarchinini reprenait goût à la vie, puisqu'il rencontrait l'amour sur son chemin, cet amour qu'il prétendait être le mobile de tous les crimes, opinion qui avait failli le brouiller à jamais avec Cyrus Leacok avant qu'il ne devînt son gendre (1).

*
* *

En arrivant à la somptueuse villa des Parker, Janet apprit que son père se trou-

(1) Cf. *Chewing-gum et spaghetti.*

vait à la piscine, en compagnie de Manuel.
La jeune fille souhaita que sa belle-mère
ne se trouvât pas là, car elle serait
humiliée d'avouer sa faute en sa présence.
Elle soupira en constatant que Jérémie
Parker, étendu sur une table de massage,
se livrait aux mains expertes de Manuel
et qu'on ne relevait pas trace de la présence
de Carol. Janet salua son père et le masseur,
qui tenait aussi l'emploi de chauffeur. La
fille de Jérémie éprouvait une solide affection pour Manuel Arribas, un Mexicain
qui se montrait toujours complaisant avec
elle et la protégeait, dans la mesure de ses
moyens, des méchancetés de Carol. D'ailleurs, cette dernière s'étant aperçue de l'espèce de complicité unissant Manuel à Janet,
harcelait son mari pour qu'il renvoyât le
Mexicain. Mais Parker était assez attaché,
de son côté, à Manuel, dont la science le
soulageait de ses maux dus à une existence
d'homme d'affaires harcelé par le temps.

Parker était très fier de sa fille et il regrettait amèrement qu'elle ne s'entendît point
avec Carol.

— Hello! Janet... Bomne promenade?
— Bonjour, daddy... En forme?

— Demandez à Manuel.

Le Mexicain sourit.

— Bonjour, Miss Parker. Votre père me semble en excellente santé et s'il voulait se livrer à quelques exercices de plein air...

— Silence, Manuel! Vous savez que c'est là un sujet interdit!

— A vos ordres, Monsieur.

— Manuel se préoccupe de votre état physique, daddy.

— Je sais, mais comme il ne me convaincra jamais, il est inutile qu'il me donne des remords. Alors quelles nouvelles ?

— J'ai commis une bêtise, daddy, et vous allez être très fâché.

Le banquier écarta le masseur, se redressa, descendit de la table, enfila son peignoir, s'assit dans un fauteuil de jardin et, d'une voix sévère, annonça :

— Je vous écoute ?

Janet raconta l'accident dont elle avait l'entière responsabilité et que sa victime se nommait Stève Murcy. Elle ajouta qu'elle lui avait donné son nom et son adresse pour qu'il put en référer à son assurance. Sans répondre, Parker empoigna le téléphone le suivant dans tous ses déplacements.

— Allô ? Donnez-moi le chef de la police routière... Merci... Allô ? C'est vous, Carlson ? Ici... Parker... Jérémie Parker... oui, oui, je sais... Dites-moi, mon cher, ma fille vient d'avoir un accident... non, pas grave, mais émotive comme elle est, elle se figure qu'elle est responsable... Or, vous savez aussi bien que moi, Carlson, que la fille de Jérémie Parker ne peut pas être responsable d'un accident... Je suis heureux de constater que nous sommes du même avis... Je ne l'oublierai pas. Il s'agit d'un nommé Stève Murcy... Quoi ? Ce nom vous dit quelque chose ? ... Bon, j'attends, mais dépêchez-vous

Janet profita de cette interruption pour insister :

— Mais, daddy, je vous assure que c'est moi qui...

— Taisez-vous !... Allô, Carlson ?... Non ? Il est sorti de prison, ce matin ? Parfait... alors, hein pas de doute, il s'est arrangé pour occasionner cet accident... Dans quel but ? Mais voyons, Carlson, vous ne me ferez pas croire qu'avec votre perspicacité habituelle vous ne devinez pas la tentative de chantage là-dessous, hein ? Bon, je compte sur vous, pour mettre cet individu hors d'état de me créer des embêtements. Merci, mon cher, et n'oubliez pas la petite note que je dois remettre au gouverneur à propos de votre fils... Mais je vous en prie, c'est la moindre des choses.

Parker raccrocha, un sourire triomphant aux lèvres.

— Daddy, cet homme est innocent!

— Aucun de ceux qui s'attaquent aux Parker ne peut être innocent!

— Je vous répète que c'est moi qui...

— Et moi, je vous répète que vous n'avez pas à vous mêler de mes affaires! Vous vous figurez que vous êtes responsable parce que ce voyou a su manœuvrer pour vous donner cette impression et vous abuser. D'ailleurs, c'est un gibier de chaise électrique. Il est sorti de prison hier soir.

— Cela ne prouve rien!

— Vous, Janet, vous parlez ainsi?

— Père, vous rendez-vous compte que vous êtes en train de commettre une injustice?

— Vous n'êtes pas en âge de me juger et, de toute façon, je ne vous le permettrai pas!

La jeune fille se cabra.

— C'est la première fois, père, que je

vous vois coupable d'une mauvaise action.

— Vous feriez bien de vous retirer, Janet, car je risque de me fâcher pour de bon.

Miss Parker, sans mot dire, tourna les talons, mais elle avait eu le temps de lire dans le regard de Manuel qu'il l'approuvait. Elle en fut réconfortée bien que le jour sous lequel son père venait de lui apparaître, la déconcertât. Elle pensa à sa mère avec plus de tendresse que de coutume, tandis qu'elle regagnait sa chambre.

Stève Murcy avait achevé de faire la conquête de Tarchinini en lui confiant ce qu'avait été son amour pour Deborah Filed avec qui il espérait faire sa vie jusqu'au jour où il la surprît en galante conversation avec son patron. Il avoua qu'il avait été heureux qu'à ce moment-là, il n'ait pas eu d'arme sous la main, sinon au lieu d'être là à bavarder avec un gentleman sympathique et italien, il serait dans la cellule des condamnés à mort. Roméo se sentait transporté. Il adorait les histoires d'amour, surtout celles traversant de grandes difficultés. Véronais, il ne pouvait oublier Roméo et Juliette et s'estimait comblé chaque fois qu'il pouvait les voir revivre dans un couple contemporain.

— Et maintenant, cette Deborah ?

— Je n'y pense plus et je regrette d'avoir été assez sot pour aller en prison à cause d'elle et d'avoir perdu ma place.

Le commissaire félicita son interlocuteur de sa sagesse actuelle et le consola du mieux qu'il le put, promettant qu'il rencontrerait obligatoirement celle qui serait une compagne digne de lui. Il s'exaltait, le bon Tarchinini, se lançant dans une description passionnée des félicités conjugales réservées à son nouvel ami, sans prendre conscience que c'était de lui-même qu'il parlait et du bonheur qu'il goûtait en compagnie de sa Giulietta et des bambinini. Ils étaient tous les trois si occupés à parler, à traduire, à écouter, à répondre qu'ils ne prirent pas garde à un policeman qui, du comptoir, les observa longuement avant de glisser vers la cabine téléphonique.

Pendant un quart d'heure encore, Stève Murcy se laissa gaiement réconforter par ce petit homme un peu ridicule, ou du moins si différent de ceux qu'il rencontrait chaque jour depuis sa venue au monde, et tellement sympathique, puis deux individus entrèrent dans le bar et, sur un signe discret du policeman, se dirigèrent vers la table de Roméo, deux individus au visage froid, vêtus de complets gris sombre. Irréprochables et sans personnalité. Le premier s'adressa à Stève.

— Stève Murcy?

Le jeune homme leva les yeux vers son interlocuteur et tressaillit, car son séjour en prison et, auparavant, son arrestation, son procès, lui avaient appris à reconnaître les détectives.

— C'est moi. Pourquoi?

Le type sortit un insigne de sa poche et le mit sous les yeux de Stève.

— Venez avec nous, gentiment, ce sera préférable si vous ne tenez pas à ce qu'on vous passe les menottes.

— Mais qu'est-ce que j'ai fait?

— Si vous ne le savez pas, le commissaire Norton se fera une joie de vous l'expliquer.

Déjà Murcy se levait quand Tarchinini réclama des explications. Lorsque Angelo lui eut appris de quoi il retournait, il protesta avec véhémence contre cet arbitraire et demanda aux policiers s'ils possédaient un mandat d'amener. Le plus vieux des détectives, un peu surpris, se tourna vers Angelo qu'il avait entendu parler italien :

— Qu'est-ce qu'il lui prend à celui-là ?

— Il proteste contre l'arrestation de Murcy.

— Vraiment ?

— Il s'inquiète de savoir si vous avez un mandat.

— Pas possible ?

Le policier fit un clin d'œil à son compagnon qui prit Roméo par le bras.

— Allez, oust ! On vous embarque aussi !

Il fallut qu'Angelo traduisît pour que le père de Giulietta comprît ce qui lui arrivait. Contrairement à l'attente du maître d'hôtel, il ne se répandit pas en imprécations furieuses, mais sourit de l'aventure et conclut, tout en se levant :

— Je ne serai pas fâché de connaître la suite de cette histoire !

Angelo, très ennuyé, essaya d'avertir les détectives.

— Je crains que vous ne commettiez une erreur, ce gentleman...

Jovial, l'aîné des policiers lui coupa la parole :

— Vous tenez à nous accompagner vous aussi ? D'accord, on emmène tout le monde, Frank.

Les cinq hommes exécutèrent une sortie remarquée sous les yeux particulièrement intéressés du policeman rêvant déjà à une promotion.

Le trajet jusqu'au commissariat ne dura que quelques minutes et Tarchinini se sentait tout content de faire connaissance avec les rouages de la police américaine, de l'intérieur.

Le commissaire Norton était un homme corpulent qui souffrait de l'estomac, ce qui le rendait d'un caractère difficile. A la vue du trio qu'on introduisait, il se félicita d'avoir un gibier sur qui il pouvait passer sa mauvaise humeur. Il reconnut tout de suite Murcy.

— Alors, mon garçon, cela vous a tellement plu la prison qu'à peine sorti vous désirez y retourner ?

— Mais pourquoi ? Qu'est-ce que j'ai fait ?

— Taisez-vous ! C'est moi qui interroge !

Vous répondrez quand je vous poserai des questions, vu ?

Fidèlement, Angelo traduisait à voix basse pour Roméo. Norton s'emporta :

— Et vous ? Qu'est-ce que c'est ces manières ? Qu'est-ce que vous racontez à mi-voix ?

— Ce gentleman est italien, monsieur, et il ne comprend pas notre langue, c'est pourquoi je lui traduis ce que vous dites.

— Encore un de ce sales étrangers, hein ? Et d'abord qu'est-ce que vous fichez ici tous les deux ?

Le détective Ed. Nolan donna les explications voulues et expliqua que l'Italien s'était inquiété de savoir si son collègue et lui agissaient régulièrement. Le troisième ne se trouvait là que parce qu'il servait d'interprète à l'étranger.

Norton s'esclaffa bryuamment :

— C'est la meilleure ! Ce Rital qui vient se mêler de nos affaires et qui prétend nous donner des leçons ! Je vais m'occuper de lui dans un instant et il regrettera d'avoir quitté son pays de pouilleux !

Angelo, dont la fibre italienne vibra sous les injures adressées à la patrie de ses ancêtres, rapporta fidèlement les propos du commissaire à Roméo dont le visage s'empourpra.

— Angelo, dites à ce malotru qu'il se repentira de sa grossièreté à mon endroit.

Le maître d'hôtel ne montra pas grand enthousiasme.

— Vous tenez vraiment à ce que je lui répète cela ?

— Je vous l'ordonne, si vous tenez à garder votre place !

Impatient, Norton intervint :

— Qu'est-ce qu'il raconte ce Rital ?

— Il dit que vous êtes un grossier personnage et qu'il vous fera payer cher votre... votre brutalité...

Ce fut au tour du visage de Norton de tourner au rouge. Il commença par respirer à fond, puis rejeta longuement l'air de ses poumons et, d'une voix contenue, annonça :

— Apprenez à cet individu que nous allons avoir un entretien particulier tous les deux, et qu'il regrettera d'avoir posé le pied sur le sol des États-Unis.

Après traduction et réponse, Angelo annonça :

— Il le regrette déjà, Monsieur, car il

s'imaginait débarquer en pays civilisé et constate avec regret qu'il s'est trompé.

Sous le poing du commissaire, le bureau fit entendre un craquement, mais une fois encore Norton se retint, se contentant de gueuler :

— Tout à l'heure... Nous réglerons nos comptes tout à l'heure. Quant à vous, Murcy, je vous colle au trou pour tentative d'escroquerie et chantage.

— Moi ?

— Vous seriez bien inspiré de reconnaître les faits.

— Mais quels faits ?

— Alors, mon garçon, on ne se souvient déjà plus qu'on avait mijoté de tirer un bon paquet de dollars du papa Parker en s'arrangeant pour créer un accident dont sa fille serait apparemment la responsable ?

— Vous êtes fou ?

— Vous voulez ma main sur la gueule pour vous rappeler au respect qui m'est dû ?

— Excusez-moi, commissaire...

— Bon, ça va pour cette fois... mais attention, hein ?

— Je vous jure que j'ignorais l'existence

de Miss Parker avant qu'elle ne rentre dans ma voiture avec la sienne!

— A d'autres!

— Mais interrogez-la et vous verrez bien!

— Vous prétendez, vous aussi, me donner des leçons, à ce que je comprends? Interroger Miss Parker? Et pour quoi faire? Son père a téléphoné pour nous raconter l'histoire qu'il tenait de sa fille, j'imagine, non?

— Et il vous a dit que c'était moi le coupable de l'accident?

— Et comment!

Hors de lui, Stève sortit le porte-cartes de Janet qu'il lança sur le bureau de Norton.

— Elle était si nerveuse qu'en me donnant son nom et le nom de sa compagnie d'assurances, elle a laissé tomber son argent.

Le commissaire ricana :

— Vous aviez réussi un assez joli coup, hein? Et parce que vous savez, pour y être déjà passé, que vous seriez fouillé avant d'entrer en prison, vous essayez de me faire croire à votre désintéressement? On restitue l'argent volé parce qu'on ne peut agir autrement. J'ai comme une idée que vous me prenez pour un idiot, mon garçon? Vous passerez devant le juge non seulement pour escroquerie et tentative de chantage, mais encore pour vol. Cela risque de vous mettre à l'abri de tout souci de vous trouver un toit pour un bon bout de temps.

Roméo à qui Angelo rapportait fidèlement le dialogue, se leva.

— Je proteste !

Mis au courant, Norton grogna :

— Qu'est-ce qu'il a encore, celui-là ?

— Je proteste contre cette arrestation arbitraire ! Vous n'avez pas le droit de considérer que cet homme ment alors que vous ne possédez aucune preuve que ce n'est pas la partie adverse qui ne ment pas. D'autre part, en présence d'Angelo, Murcy, sitôt que nous l'avons rejoint sur la route et en partie ranimé, nous a montré le porte-cartes de Miss Parker en nous affirmant son intention de le rendre le plus vite possible. Il nous a même demandé de le conduire chez les Parker.

— Et pourquoi ne l'y avez-vous pas conduit ?

— Parce que j'ai préféré bavarder avec lui, avant. De plus, je ne suis pas aux ordres de Parker qui me semble avoir un sens discutable de la justice !

Norton sursauta avant de beugler :

— Vous osez accuser Mr Parker ?

— Je ne l'accuse pas, je donne mon opinion quant à son geste. Et puis, vous commencez à m'embêter, hé ?

— Vous avez bien dit que je vous embêtais ?

— Exactement ! J'ajouterai même que c'est uniquement parce que je suis un homme bien élevé que je n'ai pas employé un autre mot !

Le commissaire et les détectives se regardèrent. Pour eux, il n'y avait pas de doute : cet Italien était fou.

Norton donna l'ordre d'emmener Murcy qui sortit de la pièce en remerciant Tarchinini pour son aide inutile, mais le père de Giulietta lui assura que son séjour en prison serait de courte durée, qu'il se chargeait de l'en faire sortir très vite. Mis au courant, Norton ricana :

— Il se prend pour qui, ce guignol ? Pour le président des États-Unis ?

— Monsieur le commissaire, je me prends seulement pour un honnête homme comme je vous prends pour un homme qui trahit sa charge en se mettant au service des importants de cette ville.

Il fallut que les deux détectives s'y mettent pour retenir le commissaire qui tenait absolument à étrangler Roméo. Lorsqu'on l'eut forcé à se rasseoir et pendant qu'il tentait de recouvrer son sang-froid, Tarchinini crut bon de remarquer :

— Permettez-moi de vous dire que pour un commissaire de police, vous manquez plutôt de tenue.

De nouveau, Norton explosa :

— Vous le faites exprès, hein ? Vous voulez absolument que je vous assomme ? En cabane ! Qu'on le foute en cabane !

— Et si vous commenciez par me demander mes papiers, histoire de faire quand même quelque chose de réglementaire ? A moins que vous ne connaissiez pas le règlement ?

L'Américain se prit la tête à pleines mains et gémit :

— Emmenez-le ou je commets un meurtre !

Les détectives empoignèrent Roméo qui, très digne, déclara :

— Arrestation arbitraire sans aucun chef d'accusation...

— Vous êtes italien, hein ? Alors, vous appartenez à la Mafia ! et cela suffit pour que je vous mette hors d'état de nuire en attendant votre expulsion ou votre condamnation !

Au moment où Tarchinini s'apprêtait à quitter la pièce, Angelo, sortant de sa réserve, rugit :

— Attendez !

Son cri fut si véhément que les détectives s'arrêtèrent et que Norton en marqua un étonnement nouveau.

— Qu'est-ce qu'il vous prend ? Vous aussi vous entendez vous opposer à l'action de la justice ?

— Monsieur le commissaire, cet homme se nomme Roméo Tarchinini.

— Et alors ?

— Il est commissaire de police dans son pays !

Un ange passa. Désemparé, Norton murmura :

— Sans blague ?

— Et de plus, il est le beau-père de Cyrus W. Leacok.

— N... de D...!

Norton sentit le vent froid de la gaffe monumentale lui siffler aux oreilles et ne put que balbutier :

— Mais... pour.... pourquoi ne me l'a...
l'a-t-il pas dit ?

— Vous ne lui en avez pas donné l'occasion, Monsieur de Commissaire.

Effondré, Norton cherchait désespérément
un moyen de sauver la face. Il le trouva en
s'en prenant aux deux détectives.

— Espèces d'idiots! vous ne pourriez pas
vous assurer de l'identité des personnes que
vous arrêtez avant de les arrêter?

— Mais, chef...

— Taisez-vous et foutez-moi le camp
avant que je ne vous renvoie à la circulation,
crétins! Bons à rien!

Les détectives ne se le firent pas dire deux
fois et vidèrent promptement les lieux. Le
commissaire, après avoir vérifié les papiers
de Roméo, se confondit en excuses, parla de
malentendu, d'énervement, présenta ses
regrets, mais Tarchinini se borna à demander :

— Et Stève Murcy ?

— Comprenez-moi, mon cher collègue,
je ne puis le relâcher. Il est sous le coup
d'une accusation très grave, et le remettre
en liberté maintenant serait me mettre à
dos Jérémie Parker, autant dire me suicider.

Mais, bien entendu, il sera convenablement
traité puisqu'il est de vos protégés, en attendant la suite de l'affaire.

Suivi d'Angelo, heureux de cette victoire
de l'Italie sur les U. S. A., Tarchinini quitta
le bureau sans saluer Norton et en feignant
de ne pas voir la main que le policier lui
tendait.

Resté seul, le commissaire sauta sur son
téléphone et appela Parker pour le mettre
au courant.

***

A peine arrivé chez les Leacok, Roméo
fut averti que son gendre le priait de passer
le voir. N'ayant plus besoin d'Angelo puisque
Cyrus parlait parfaitement l'italien, le père
de Giulietta se rendit à l'appel de l'expert
en matière criminelle. Leacok le reçut froidement :

— Il paraît, beau-père, que vous en
faites de belles ?

Désinvolte, tout en prenant place dans
l'un des confortables fauteuils, Tarchinini
sourit.

— Je viens de donner une leçon à un
malotru de policier.

— Qui vous en avait chargé?

— Pardon?

— Qui vous a demandé de vous mêler d'une histoire ne vous regardant en rien?

— La Justice!

— Puis-je me permettre de vous rappeler que vous n'êtes pas en Italie?

— La Justice est partout chez elle!

— Mais enfin, c'est inimaginable! Quelle mouche vous a piqué pour prendre fait et cause pour un gibier de prison?

— Parce qu'il est innocent de ce dont on l'accuse.

— Qu'en savez-vous?

— Et vous?

— Moi?

— Qui vous permet d'assurer que ce garçon est coupable?

— Mais Jérémie Parker...

— Votre Parker est un salaud.

— Je ne vous permet pas!

— Je me fiche de votre permission! Si les dollards de ce Parker vous impressionnent, ils me laissent froid!

Cyrus ne répondit pas tout de suite. Quand il s'y décida, il s'efforça de parler froidement.

— Écoutez-moi : Jérémie Parker est une des plus grosses fortunes de Boston. Vous n'avez pas le droit de comparer sa parole à celle de ce Murcy!

— Parce que Parker est riche et Murcy, pauvre ? Vous me semblez avoir une curieuse conception de la justice par ici, hé ?

— Mais vous ne nierez pas que Murcy sort de prison ?

— Pour une querelle d'amoureux... Il a rossé celui qui lui avait pris la femme qu'il aimait et avec laquelle il comptait se marier.

— Et vous trouvez cela bien ?

— Je comprends simplement. L'amour excuse tout... explique tout...

— Je sais! Je connais vos théories!

— Souvenez-vous que parce que vous n'avez pas voulu y croire, vous alliez à l'échec lors de votre voyage à Vérone, hé (1) ?

Au rappel de cette histoire où il n'avait pas tenu le beau rôle, Cyrus se mordit les lèvres.

— Nous ne sommes pas en Italie, beau-père!

— Je le regrette pour vous. Dois-je com-

(1) Cf. *Chewing-gum et spaghetti.*

prendre que chez vous, on s'aime moins que chez nous?

— Disons que c'est autre chose.

— Ma qué! Voilà qui ne me rassure pas pour ma Giulietta, hé? Cyrus, mon ami, vous m'avez trompé en me déclarant votre attachement pour mon pays où vous m'affirmiez vouloir retourner vivre. Je vous ai cru et c'est pourquoi je vous ai donné ma fille...

— Vous connaissez les raisons qui...

— Aucune raison matérielle n'est valable quand il s'agit de tenir parole! Si Giulietta ne vous était aussi stupidement attachée, je la ramènerais à Vérone. Je vais m'en aller, Mr Leacok. Je ne pense pas que nous nous revoyions. Votre pays, pour ce que j'en connais ne me plaît pas et votre manière de vivre me dégoûte. Quant à Giulietta, puisqu'elle a choisi, qu'elle vive comme elle l'entend... Ma femme et moi, nous nous ferons petit à petit à l'idée que notre fille est morte... Nous tâcherons de nous en consoler, mais cela ne vous regarde pas. Je vous serais obligé de donner des ordres pour qu'on prépare mes bagages.

Tarchinini se leva.

— Je ne pense pas que nous ayons autre chose à nous dire. Nous appartenons vous et moi à des mondes différents. Ce fut un grand malheur que notre rencontre à Vérone et jusqu'à ma mort j'aurai le remords de vous avoir accordé la main de ma fille.

Ému, Cyrus se leva à son tour et vint prendre Roméo par les épaules.

— Allons, ne dramatisons pas... je vous en prie. Mes intentions n'ont pas changé. Giulietta et moi, retournerons à Vérone. Je vous demande encore six mois de patience, le temps de mettre mes affaires en ordre. J'aime Vérone, vous le savez bien, et je l'aime de plus en plus quand je la compare à Boston. Je suis assez riche pour pouvoir mener l'existence qui me plaît et, l'existence qui me plaît, c'est de vivre parmi vos compatriotes, près de vous et des bambini.

Oubliant sa mauvaise humeur, Tarchinini s'emballa. Il ouvrit les bras en criant :

— Embrasse-moi, toi qui me rends la vie !

Angelo ayant frappé à la porte sans obtenir de réponse, entra discrètement et marqua un temps d'arrêt devant le spectacle offert par les deux hommes enlacés.

Il toussa discrètement. Se détachant de son beau-père dont les larmes de reconnaissance lui mouillaient désagréablement les joues, Cyrus grogna :

— Qu'est-ce que vous voulez ?

— Mr Jérémie Parker désire vous parler.

Aussitôt le visage de Leacok se figea et, d'une voix sourde, avec un brin de rancœur chuchota à son beau-père :

— Voilà les ennuis qui commencent !

— Bah ! je vais le mettre au pas, moi, votre Parker !

— Ah ! non, surtout pas ! Si vous restez, je vous supplie de ne pas ouvrir la bouche !

Roméo n'eut pas le temps de répondre à cette prière car Jérémie Parker, écartant Angelo, entrait dans la pièce.

— Eh bien ! Cyrus, vous me faites attendre, maintenant ?

— Bonjour, Parker... Permettez-moi de vous présenter...

— Pas le temps ! Dites donc qui est ce bonhomme qui s'est permis de tenir à Norton des propos fort déplaisants sur mon compte ? Il paraît qu'il s'agit d'un de vos parents ?

— Mon beau-père.

— J'aimerais bien lui dire deux mots!

— Facile ! Le voilà!

Parker regarda Tarchinini de façon fort peu amène.

— Puis-je vous demander de quoi vous vous mêlez?

A son tour, Cyrus dut jouer les interprètes.

— D'abord, ayez donc l'obligeance de de vous présenter. Je ne discute pas avec des inconnus.

Jérémie lança un coup d'œil à Leacok pour être certain qu'il avait bien entendu... On lui demandait, à lui, de se présenter! Le communisme se serait-il implanté dans Boston sans qu'il l'ait su? Il se gonfla pour annoncer :

— Je suis Jérémie Parker, le banquier.

— Bon. Qu'est-ce que vous voulez?

— Des explications!

— A quel sujet?

— Au sujet de votre attitude scandaleuse au commissariat de police et quant aux propos que vous avez tenus en ce qui me concerne et que le commissaire n'a pas osé répéter!

— Il a eu tort. J'ai dit que vous étiez un salaud.

Cyrus qui commençait à s'amuser se fit un devoir de traduire scrupuleusement la réplique de son beau-père. Le banquier eut une réaction étonnante. Il paraissait écrasé par une audace le dépassant. Qu'un simple bonhomme — étranger de surcroît — se permit de l'insulter posément, calmement bouleversait la hiérarchie de l'univers dont il se voulait le centre rayonnant. Il doutait brusquement de sa puissance, de ses certitudes. Il appela Leacok au secours comme Napoléon, à Waterloo, appela Grouchy et tout aussi inutilement.

— Vous entendez, Cyrus !

— J'ai entendu, Jérémie.

Le banquier eut alors recours à ce qui tout au long de sa vie s'était affirmé un argument sans réplique.

— Savez-vous bien que je vaux dix millions de dollars ?

— Pour qui ?

— Mais...

Éperdu, Jérémie devait admettre que ses millions ne lui étaient pas d'un grand secours en face d'individus dont il ne soupçonnait pas l'existence. Une fois encore, sa superbe ébranlée, il quémanda l'opinion de son hôte.

— C'est un communiste ou quoi ?

Tarchinini comprit la question et n'attendit pas la traduction de son gendre.

— Ma qué! communiste, moi ? Moi qui suis marguillier honoraire de ma paroisse ? Ça ne va pas mieux, hé ?

Roméo s'apaisa assez vite pour déclarer avec conviction :

— Nous autres, Italiens, nous sommes pauvres. Nous avons l'habitude de la pauvreté. Alors, ce que l'argent que nous ne possédons pas ne peut nous donner, nous le cherchons ailleurs, dans l'amour, dans l'amitié, dans le plaisir de se dire qu'on est un brave homme ou une brave femme... Joies puériles à vos yeux, mais qui pour nous valent tout le luxe, toutes les servitudes que vous procurent vos dollars... Voyez-vous, signore Parker, je me sens plus riche que vous puisque personne à Vérone n'oserait dire à Roméo Tarchinini qu'il est un salaud, qualificatif que j'ai l'honneur de vous attribuer.

Lorsque le banquier sut ce que l'Italien

venait de dire, il ne hurla pas d'indignation ainsi que Leacok s'y attendait. Il observa Roméo un instant, puis s'adressant à Cyrus :

— Demandez-lui donc, mon vieux, pourquoi je suis un salaud à ses yeux.

Tarchinini s'expliqua avec la plus parfaite franchise.

— Parce que vous avez tellement l'habitude d'être obéi que vous en êtes arrivé à prendre vos décisions pour l'expression de la justice. Votre fille, par inattention, provoque un accident banal, mais, pour vous, un ou une Parker ne saurait être reconnu coupable de quoi que ce soit. Dès lors, c'est la victime qui a tort, et parce que le hasard veut que cette victime soit un garçon traversant une mauvaise passe, plus d'hésitation : le puissant Jérémie Parker va briser la vie de ce type pour éviter un désagrément bénin à sa fille. Si ce n'est pas se conduire en salaud, signore, j'accepte de monter sur votre chaise électrique.

Après traduction de cette harangue, le banquier resta un long moment pensif puis s'empara du téléphone, composa un numéro.

— Allô, Carlson ? Vous savez que le commissaire Norton est un imbécile ? Vous

vous en doutiez? Moi, je vous l'affirme...
Ordonnez-lui de remettre immédiatement
en liberté ce Murcy qu'il a arrêté pour
tentative de chantage sur ma fille... Je
sais, je sais, et si je vous ai donné ce conseil,
c'est que je suis un salaud, Carlson. Comment? Mais oui, vous avez parfaitement
entendu : je suis un salaud! Mais si cela
peut vous consoler, apprenez que vous en
êtes un également, tout comme Norton.
Allez, à un de ces jours et veillez à ce que
Norton obéisse rapidement, hein?

Parker raccrocha et éclata d'un rire toni-
truant. Lorsqu'il parvint à se calmer, il cria :

— Il me plaît, votre beau-père, Cyrus!
Oser traiter Jérémie Parker de salaud...!
Même le Président des États-Unis ne s'y
risquerait pas! Un type, ce petit Italien!
Croyez-vous qu'il accepterait de me serrer
la main maintenant que j'ai fait relâcher
son protégé?

La prière transmise. Tarchinini tendit
la main à Jérémie qui la broya chaleureuse-
ment.

— Si tous vos compatriotes vous res-
semblent, mon vieux, il faudra que j'aille
faire un tour chez vous!

Au grand soulagement de Leacok, la
scène pouvant amener une rupture dangereuse entre sa famille et celle des Parker,
se terminait en vaudeville. Le banquier
quitta les deux hommes en continuant de
rire et en répétant : « Jérémie Parker est
un salaud ! » Ce qui semblait le plonger
dans une gaieté folle. Gaieté qui ne l'avait
point abandonné lorsqu'il entra dans le salon
où Elmer et Margaret Leacok, sachant
sa présence sous leur toit, l'attendaient
pour le saluer. Parker les rejoignit, toujours
riant et, du seuil, lança :

— Margaret ! Elmer ! Connaissez-vous la
dernière nouvelle ? Je suis un salaud !

Leacok senior bondit.

— Qu'est-ce que vous dites ?

Quant à Margaret, un tel manquement
aux convenances de la part d'un homme
qu'elle respectait, la suffoqua à un point
tel qu'elle se sentit sur le moment défaillir.

— C'est le beau-père de votre fils qui
me l'a assuré et après une démonstration
éblouissante !

Éperdu, envisageant les suites graves
de cette incartade inimaginable, scandaleuse,
Elmer balbutia :

— Il... il a osé?

— Et savez-vous le plus fort, mon vieux?
C'est qu'il a raison!

Sur ce, Jérémie abandonna ses hôtes
désemparés et s'en fut d'un pas de jeune
homme.

Dans l'après-midi, alors que la belle Carol
se prélassait au bord de la piscine, le téléphone sonna et Manuel prit la communication.

— Le commissaire Norton.

— Passez la communication au bureau
de mon mari.

— Mr Parker est absent ainsi que son
secrétaire.

La jeune femme poussa un soupir excédé.

— Bon, donnez-le-moi... Allô? Ici, Carol
Parker... Merci, commissaire. Mon mari
n'est pas là. Vous avez une communication
à lui transmettre? Pardon? Stève Murcy
sera relâché ce soir? Bon... Non, je ne suis
pas au courant... mais je lui rapporterai
votre message... Entendu, je n'y manquerai
pas... Au revoir, commissaire.

Carol tendit le combiné à Manuel tout en commentant :

— Quel imbécile, ce Norton!

Réconcilié avec son gendre, réconcilié avec Parker, réconcilié avec sa fille, entouré d'une considération nouvelle par les Leacok depuis qu'il avait dit son fait au banquier, Roméo dormait dans sa belle chambre, de ce sommeil heureux réservé aux consciences pures. Il rêvait d'un retour triomphal à Vérone, en compagnie de Cyrus et de Giulietta. Le podestat (1) de la ville, entouré de ses adjoints, était présent à l'aérodrome pour accueillir le héros véronais qui avait réduit l'Amérique à sa merci. Tarchinini s'apprêtait à répondre au discours de bienvenue qu'on lui adressait lorsque, subitement, la foule enthousiaste, rompant les barrages, se ruait sur lui, l'empoignait, le secouait pour le porter en triomphe. Mais le commissaire de Vérone se réveilla pour constater qu'il se trouvait toujours

(1) Marie.

dans sa chambre et que Cyrus le tenait par le bras et le remuait sans ménagement.

— Que se passe-t-il ?

— Habillez-vous vite !

— Mais ... mais quelle heure est-il ?

— Vingt-trois heures.

— Vingt-trois heures ! Il y a le feu ?

— Non, mais on vient de me téléphoner que Jérémie Parker a été assassiné.

— Quoi ?

— Et ce qu'il y a de plus grave, c'est que Stève Murcy a été arrêté sur les lieux du crime.

CHAPITRE III

Dans la voiture l'emmenant vers la résidence des Parker, Tarchinini n'en menait pas large. Si vraiment Stève Murcy était le meurtrier, il s'affirmait hors de doute qu'en le faisant relâcher, il avait favorisé le crime. Pratiquement, il devenait complice. De plus, il passerait pour un benêt aux yeux de son gendre, de sa fille et des policiers. La seule idée de se retrouver en présence du commissaire Norton lui mettait des frissons dans le dos. A travers le silence de Leacok, Roméo devinait une terrible réprobation. Timidement, il se hasarda :

— Cyrus... vous semblez fâché ?
— Fâché ? Le mot me paraît faible !

— Vous... vous croyez vraiment que Murcy a fait le coup?

— D'après ce que j'en sais, tout le laisse supposer.

— Mais pourquoi?

— Vous le lui demanderez.

Tarchinini se tut quelques instants avant d'ajouter :

— Cyrus... si Murcy est vraiment coupable, je prendrai le premier avion pour Milan.

— Vous ferez bien.

La sécheresse de la réponse meurtrit profondément Roméo, bien plus que n'importe quel reproche pour si brutal qu'il eût été.

Aux abords immédiats de la résidence Parker on avait établi des cordons de police qui filtraient les curieux. A part les officiels et les riverains, nul ne pouvait passer. En arrivant, Leacok dut s'arrêter, mais il fut tout de suite reconnu et salué. Lorsqu'il lui fallut descendre pour monter le perron de la maison, Tarchinini regretta amèrement d'avoir quitté Vérone. La mama devait dormir sans se douter du drame vécu par son époux. Elle lui manquait bien. Dans le salon, Roméo aperçut tout de suite Janet Parker qui était

à l'origine de tout sans trop le soupçonner.
Près d'elle, une belle jeune femme en larmes que l'Italien comprit très vite être la
veuve. Dans un coin, un garçon en robe de
chambre à l'allure d'Américain du Sud.

Roméo devait apprendre qu'il s'agissait
de Manuel, le chauffeur-masseur-garde du
corps du mort. La personnalité du défunt
s'avérait de telle importance que le chef de la
police, Edmund Carlson, s'était dérangé et
avait pris l'enquête en main. A l'entrée de
Cyrus et de son beau-père, Norton jaillit
de derrière un pilier le dissimulant, et s'a-
vança au devant de Tarchinini.

— Ah! vous voilà, vous! Vous qui enten-
diez me donner des leçons! Vous avez bien
réussi! J'espère qu'on vous invitera à venir
voir griller votre protégé!

Leacok s'interposa sèchement :

— Cela suffit, Norton!

— Il n'empêche, Monsieur, que sans cet
Italien, Murcy serait sous les verrous et n'aurait pas eu l'occasion de tuer Jérémie Parker!

— Si tant est que Murcy soit reconnu
coupable ?

Norton le regarda, ahuri.

— Mais, Monsieur...

— A-t-il avoué ?

— Pas encore, mais...

— Dois-je vous rappeler que dans notre Constitution, on est présumé innocent tant que des aveux n'ont pas été passés ou que la preuve de la faute n'a pas été faite devant un tribunal.

Vexé, Norton grogna :

— Ce ne sera pas difficile !

— Je le souhaite pour vous, commissaire.

Carlson mit fin à l'entretien en s'approchant.

— Bonsoir, Mr Leacok... Ce gentleman est sans doute votre beau-père ?

Cyrus procéda aux présentations. Le chef de la police ne put s'empêcher de remarquer à l'adresse de Roméo :

— Vous nous avez mis dans de sales draps, Monsieur. Sans votre intervention...

Il se tut pour ne point risquer de froisser Leacok qui traduisait sa réflexion à Tarchinini, lequel entendit plastronner.

— ... Sans mon intervention, un innocent allait être jeté en prison sur une fausse déclaration. Que cet innocent, par la suite, soit devenu un coupable, n'enlève rien au fait qu'il a failli être d'abord frappé injustement, hé ? Et si l'on s'était moins pressé d'accepter une déposition mensongère sous prétexte qu'elle émanait d'un homme en vue, Murcy n'aurait pas remâché l'amertume qui l'a peut-être conduit à devenir un meurtrier. On lui prend son amie et on l'enferme. Une jeune fille distraite abîme sa voiture et on l'enferme de nouveau. Essayez donc de vous mettre à sa place pour comprendre ses réactions, hé ?

— N'empêche qu'il s'assiéra sur la chaise électrique !

— Il n'y est pas encore !

— C'est tout comme !

— Ma qué ! si je vous comprends bien, votre enquête est terminée avant que d'avoir débuté ?

Écœuré, Carlson tourna grossièrement le dos à l'Italien et, passant son bras sous celui de Cyrus, l'entraîna pour lui confier ses impressions.

— Mr Leacok, vous devriez écarter votre beau-père. Nous ne pouvons oublier que sans lui, Parker serait encore vivant...

— N'exagérez pas, Carlson, Parker et

lui se sont disputés, mais se sont quittés les meilleurs amis du monde.

— Il n'empêche que nous avons une vilaine affaire sur les bras. On a déjà téléphoné de Washington. La disparition de Parker risque de déclencher de sérieux remous à Wall Street.

— Comment avez-vous été prévenu du crime ?

— Un coup de téléphone de Janet Parker qui rentrait du cinéma en compagnie de sa belle-mère. Voyant le bureau de son père encore éclairé, elle a voulu lui dire bonsoir. Elle est tombée sur le cadavre de Jérémie et vraisemblablement sur son meurtrier.

— Parce que Murcy était resté là ?

— Il semblerait que le crime ait été commis au moment où les Parker entraient dans la propriété. D'ailleurs, Manuel, — le type là-bas — qui conduisait la voiture prétend avoir perçu un bruit qui pouvait être celui d'un coup de feu.

— Les domestiques ?

— Ils dormaient.

— Ils n'ont rien entendu ?

— Rien.

— A première vue, pourquoi Murcy au-
rait-il tué ?

— Par vengeance, je crois... ou bien il a
voulu faire chanter ce coriace de Jérémie
et il est tombé sur un os.

— Jérémie aussi. L'arme ?

— Celle de Parker. Je vois les choses ainsi :
le banquier a pris son revolver pour intimi-
der Murcy, mais celui-ci l'a frappé, dé-
sarmé et tué ; peut-être parce qu'il a eu
peur ?

— Je vais voir.

Toujours suivi de son beau-père, Cyrus
gagna le bureau où le corps de Parker gisait
encore sur le tapis, les photographes de
l'Identité achevant de prendre des photos.
Sur une chaise, Murcy, menottes aux poignets, était assis, la tête basse. Tarchinini
se dirigea vers lui et, aidé de son gendre,
s'enquit :

— Ma qué ! Stève, vous ne pouviez pas
rester tranquille, hé ?

Le garçon releva le front et son visage
s'éclaira en reconnaissant Roméo.

— C'est vous ! Vous allez encore une fois
me tirer de leurs pattes ?

Le bon Tarchinini eut la larme à l'œil

devant tant de naïve confiance. Il déclara
à son gendre :

— Un sentimental, hé ? Un de ceux dont
les femmes ravagent le cœur, parce qu'ils
sont trop naïfs... Un garçon dans mon genre..
Quand j'avais son âge, je ne pouvais pas
voir une fille sans la parer de toutes les ver-
tus, de toutes les grâces du corps et de l'esprit, et j'étais malheureux comme les pierres
lorsque je m'apercevais que j'avais affaire
à une sotte... Murcy est un amoureux... un
romantique... il a confiance... il sera toujours malheureux, à moins qu'il n'ait la
chance de rencontrer quelqu'un du genre
de ma Giulietta.

Par moment, Roméo énervait Cyrus et
l'on vivait un de ces moments-là.

— Écoutez, beau-père, je vous rappelle
que nous sommes aux États-Unis et qu'aux
États-Unis on apprécie davantage les actes
que les paroles.

— Eh ! c'est justement ce que je vous
reproche ! Dites-lui à ce garçon que s'il est
innocent, je lui rendrai sa liberté.

— Je veux bien, mais comme il est sûrement coupable...

— Qu'en savez-vous ?

Leacok se fit cassant.

— Vous admettrez que je possède quelques connaissances en la matière ?

Roméo haussa les épaules.

— Théoriques! Mais la théorie... c'est froid, inhumain et ce qu'il faut dans des histoires de ce genre, c'est établir le contact humain.

— Avec qui ?

Du menton, Tarchinini désigna Stève.

— Avec lui.

D'un mouvement identique, il montra le cadavre.

— Et avec lui aussi.

Cyrus sentit une gêne le gagner à l'idée que son beau-père pourrait recommencer devant les plus éminents représentants de la police criminelle, ses excentricités véronaises qu'il lui avait vues accomplir (1) et qu'il tenait pour des pitreries.

— Je souhaiterais vous persuader que chez nous on ne goûte pas tellement les... les excentricités.

— Ma qué! de quelles excentricités parlez-vous ?

(1) Cf. *Chewing-gum et spaghetti*.

— Vos petits trucs habituels.

— Mes petits trucs, puisqu'il vous plaît de les appeler ainsi me conduisent généralement à la découverte du coupable. Nous sommes, en Italie, moins bien outillés que vous et pourtant nous arrivons à de meilleures résultats que vous.

— Pourquoi, à votre avis ?

— Parce que nous sommes, sans doute, plus intelligents.

Et pour rattraper ce que sa réponse avait de cruel, il ajouta :

— ... Nous sommes tellement plus vieux, n'est-ce pas ? Murcy, avez-vous eu la déplorable fantaisie de tuer ce banquier ?

La question transmise, Stève répondit par la négative et expliqua ce qui lui était arrivé. Il racontait lentement, prenant des temps pour que Leacok puisse traduire.

— Je suis sorti du commissariat vers six heures, ce soir. Je suis allé boire un verre dans le bar le plus proche. Alors que je le quittais, un type m'a abordé et après m'avoir demandé si j'étais bien Stève Murcy, il m'a dit qu'il occupait le poste de secrétaire privé de Jérémie Parker et que le banquier, soucieux de me dédommager du tort qu'il m'avait causé, me conseillait de lui rendre visite à onze heures ce même soir. A cette heure-là, les domestiques étant tous partis, il me priait de rentrer par la porte-fenêtre ouvrant sur le bureau de Parker où ce dernier m'attendrait.

— Et cela ne vous a pas paru extraordinaire ?

— Si, mais un banquier...

Visiblement, pour Murcy, un homme possédant le compte en banque de Jérémie ne devait pas vivre selon les mœurs en usage chez les autres.

— Et après ?

— Le bureau était éclairé, la porte-fenêtre entrebâillée, je suis entré et j'ai vu le corps. Mon premier mouvement a été de fuir, mais à ce moment, les phares d'une voiture ont illuminé le parc. J'ai été paralysé par la peur. Presque aussitôt, la jeune fille s'est montrée et elle a poussé un cri. Là, je me suis précipité dehors, mais pour tomber dans les bras d'un homme qui m'a ceinturé et ramené dans la pièce. Voilà, c'est tout ce que je sais. Je jure avoir dit la vérité.

Cyrus haussa les épaules et commenta en italien.

— Invraisemblable!

— Justement, tellement invraisemblable que c'est peut-être vrai.

— Oh! je vous en prie, tout est assez compliqué comme cela!

A ce moment-là, Carlson et Norton firent irruption dans la pièce. Le chef de la police s'enquit :

— Il est tard, Mr Leacok, et mes hommes tout comme moi-même, aimerions bien aller nous coucher. On embarque le type? On emporte le corps?

Cyrus opina de la tête, mais avant que les policiers aient fait se lever Murcy et que les infirmiers aient déposé le cadavre sur leur civière, l'assistance, sidérée par un comportement pareil, vit Tarchinini s'agenouiller près du mort et lui parler selon une habitude qui lui était chère. Heureusement, seul le gendre de l'Italien comprenait les paroles que ce dernier prononçait.

— Alors, Jérémie, des tas de dollars derrière lesquels tu te croyais à l'abri n'auront pas suffi à te protéger? Je n'oublie pas que nous nous sommes serrés la main et que nous serions peut-être devenus des amis, puisque j'avais réussi à te donner mauvaise conscience… Je ne peux pas accepter que ton meurtrier s'en tire, car ce serait trahir ta confiance. Il faut que tu me dises son nom, que tu me fasses un signe quelconque, que tu me fournisses un indice…

Au supplice, Leacok tapa sur l'épaule de son beau-père.

— Je vous en prie…

Mais Roméo ne l'entendit pas, perdu dans son extraordinaire monologue.

— Moi, je ne crois pas que Murcy soit coupable… Qu'est-ce que tu en penses ? Les autres, ça les arrangerait bien parce que la facilité dispense de réfléchir, mais je suis là, Jérémie, pour qu'on ne commette pas en ton nom une injustice que tu réprouverais… Compte sur moi. Tu seras vengé.

Carlson et Norton, éperdus, se regardaient, regardaient Roméo, regardaient Leacok, se demandant visiblement s'ils ne rêvaient pas, si cette scène scandaleuse avait bien lieu, s'ils n'étaient pas le jouet d'une hallucination…

Tarchinini passa une main légère sur le visage du mort qu'il mit en pleine lumière pour l'examiner mieux. Carlson retrouva sa voix pour interroger Cyrus :

— Il est devenu fou ou quoi ?

Embarrassé, Leacok assura :

— Ce sont les méthodes italiennes...

— Ah !...

Cette affirmation parut plonger les deux policiers dans une stupéfaction sans limites. Décidément, ces gens de la vieille Europe étaient bien des sauvages ! L'Italien se releva et déclara brièvement à son gendre :

— Ils peuvent l'emporter, il m'a confié tout ce qu'il pouvait me confier.

Haussant les épaules, Cyrus lança rageusement aux infirmiers :

— Allez-y !

Le cadavre disparu, Murcy emmené, Carlson serra la main de Leacok et, désignant Roméo, chuchota :

— Vous devriez faire attention... Si je puis me permettre, il ne doit pas être tout à fait normal !

Lorsque Cyrus resta seul avec son beau-père, il ne put contenir son irritation.

— Vous êtes fier de vous, hein ? Vous jugez que vous nous avez assez ridiculisés ?

— Ma qué ! on ne se ridiculise jamais aux yeux des imbéciles, hé ?

— Carlson n'est pas un imbécile !

— En tant que policier, si!

— Parce qu'il tient Murcy pour coupable?
Alors, il faut admettre que j'en suis un aussi.

— Je ne dis pas le contraire.

— Merci! Si vous devez continuer de la
sorte, je me verrai dans l'obligation de vous
interdire de vous mêler de cette enquête.

Tarchinini sourit.

— Je ne vous crois pas, Cyrus.

— Et pourquoi?

— Parce que vous êtes un homme juste
et que vous voulez que le vrai meurtrier soit
puni, ensuite parce que je devine que vous
aurez besoin de moi.

— Ce n'est pas la modestie qui vous
étouffe!

— Pourquoi serais-je modeste puisque
j'ai conscience de ma valeur?

— Et vous êtes persuadé qu'un commissaire de Vérone est plus habile que tous les
policiers qui ont fait leur preuve?

— Oui, car ledit commissaire n'oublie
jamais le côté humain d'un problème, tandis que vous autres, vous n'avez confiance
que dans vos machines électroniques et dans
vos déductions logiques qui tiennent compte
de tout sauf du principal.

Cyrus ricana :

— Ah! oui, j'oubliais... l'AMOUR!

— Parfaitement, l'amour, le moteur essentiel, unique.

— Et où diable dénichez-vous l'amour dans cette histoire sordide ?

— Je vous répondrai quand j'aurai eu un entretien avec Janet Parker.

Le lendemain du meurtre, les journaux titrèrent en grosses lettres la fin dramatique de Jérémie Parker. On apprit la rocambolesque histoire contée par Stève Murcy aux enquêteurs, mais, mis en présence du secrétaire privé, le présumé coupable ne le reconnut pas et son absurde système de défense s'effondra. Pour toute la presse, le banquier avait été victime de sa philantropie. Ayant voulu aider Stève à se refaire une existence, il était tombé sur un voyou qui l'avait abattu au cours d'une crise de colère ou dans l'espoir de le voler. Les journalistes peignaient un portrait des plus sombres de Murcy. On exposait pour quelles raisons il venait de purger une peine de prison et l'on

concluait que, violent, perdant facilement
la tête, il s'affirmait capable de se laisser
aller aux pires extréminés. Miss Deborah K.,
interwievée, avait répondu qu'elle était, en
effet, sortie en compagnie de Stève, mais
qu'elle n'avait jamais rien fait qui puisse
autoriser ce dernier à croire qu'il avait des
droits sur elle. Elle ne voulait pas l'accabler
maintenant qu'il se trouvait dans le pétrin,
mais elle devait à la vérité de dire qu'il était
effroyablement jaloux et d'un tempérament coléreux. C'est ainsi qu'étant entré
dans le bureau du directeur, Mr X..., où elle
prenait le courrier, Murcy, se figurant je ne
sais quoi, s'était jeté sur le malheureux
homme et l'avait roué de coups. Elle ajoutait qu'en dehors de sa cruauté, ce geste
s'avérait d'un injustice totale car M. X...
était une personne d'une rigueur morale
insoupçonnable et très fidèlement attaché
à sa femme et à ses enfants. Non, elle ne se
sentait pas positivement surprise de la sottise criminelle de Stève. Il avait dû perdre
l'esprit sous le coup d'une grande émotion ?
Toutefois, elle regrettait sa méchante aventure car du temps où elle le fréquentait, il
pouvait se montrer très gentil. Naturelle-

ment, elle ne l'avait plus jamais rencontré depuis sa première arrestation, car elle tenait à sa réputation et ne voulait plus rien avoir de commun avec un homme ayant si vilainement traité Mr X..., dont les qualités morales, etc., etc.

La plupart des reporters assuraient que le chef de police Carlson, assisté du commissaire Norton dans le district duquel le meurtre avait eu lieu, ne tarderaient pas à recueillir les aveux de Murcy qui aurait bien du mal à échapper à la chaise électrique. On ajoutait en note que l'excellent spécialiste de la criminalité, Cyrus W. Leacok, prêtait son concours au chef Carlson dans cette triste affaire plongeant dans l'affliction une famille qui faisait l'honneur de Boston.

Roméo écouta attentivement la traduction que lui faisait Angelo et lorsque ce dernier eut terminé, il conclut :

— Ils parlent tous pour ne rien dire, sauf cette petite garce de Deborah qui accable son ancien amoureux pour complaire à son patron vraisemblablement son amant, d'après ce que m'a confié Murcy ou alors, il me faudrait admettre que les hommes d'affaires américains ont une manière bien à eux de dicter leur courrier. Écoute-moi, Angelo, il faut que tu m'aides à donner une leçon à ces Américains trop sûrs d'eux-mêmes et ne me rétorque pas qu'il s'agit de tes compatriotes! Quand on a la chance d'avoir du sang italien dans les veines, on est et on demeure italien. Sur ce, va me chercher à boire car je meurs de soif.

— Que désirez-vous boire, signore? Nous n'avons dans le réfrigérateur que du coca-cola ou des jus de fruits.

Tarchinini eut une grimace.

— Cela ne m'étonne pas qu'ils manquent d'imagination. Tu ne pourrais pas me dégoter un petit flacon de Chianti, par exemple?

— On me mettrait à la porte si l'on savait que j'introduis du vin dans cette maison.

Le père de Giulietta soupira.

— Bon, et bien je resterai sur ma soif... Appelle ma fille. Je l'attends ici.

Au bout de quelques instants, Giulietta apparut.

— Tu me demandes, papa?

— Oui... Tu peux disposer, Angelo, mais ne t'éloigne pas.

— Je serai à l'office, signore.

Le maître d'hôtel parti, Roméo remarqua:

— Tu n'as pas l'air contente de me voir ?

— C'est que je suis très fâchée contre toi !

— Contre moi ? Ma qué ! Qu'est-ce que je t'ai fait ?

— Tu t'es très mal conduit avec Cyrus !

— Première nouvelle !

— Il m'a raconté toutes les simagrées que tu t'es cru obligé de faire pour te rendre intéressant, en présence du cadavre de Jérémie Parker ! Tu t'es ridiculisé et du même coup tu as ridiculisé mon mari !

Bouleversé, Tarchinini regardait sa fille sans mot dire. Embarrassée par son silence, Giulietta sentit fondre sa mauvaise humeur.

— Qu'as-tu, papa ?

Doucement, la voix tremblante d'émotion, Roméo constata :

— Tu n'es plus de chez nous, mon petit, hé ?

— Pourquoi me dis-tu ça ?

— Si tu étais restée la même, tu te serais souvenue que tu avais confiance en moi et que tu admirais, tu comprenais ce que tu nommes maintenant des simagrées... A Vérone, ma Giulietta admirait tout ce que faisait son vieux papa, parce qu'elle croyait en lui depuis qu'elle était en âge de raisonner...

— Mais Cyrus m'a raconté que...

— Tais-toi, petite... Dieu m'est témoin que je ne souhaitais rien de plus au monde que ton retour à Vérone. Maintenant, je te prie de rester à Boston... ne reviens pas chez nous...

— Pourquoi ?

— Parce qu'il n'y a pas de place à Vérone pour ceux qui n'ont pas d'imagination, pour ceux qui n'ont foi que dans les statistiques, pour ceux prétendant que Roméo et Giulietta n'ont jamais existé... Ne reviens pas, ma fille, car ta maman a besoin de croire en moi jusqu'au bout pour avoir le courage de me supporter et de finir d'élever les bambini... Maintenant, seulement, je réalise qu'ils t'ont enlevée et ce Cyrus est un malfaiteur !

— Papa !

— Prendre à un père sa fille qui est pour lui plus que la vie, c'est déjà un crime ! ma qué ! Prendre sa patrie à cette fille, c'est pire ! C'est une mauvaise action... hé ?

A travers les larmes, Giulietta sourit.

— Mon vieux papa...

— Retire-toi... Laisse-moi savourer mon chagrin en paix!

Naturellement, ils finirent par tomber dans les bras l'un de l'autre, mélangeant leurs larmes et Roméo comprit que Giulietta demeurait toujours sa Giulietta.

Épuisé par ces émotions qui le brisaient, mais dont il raffolait, Tarchinini s'accorda une heure de repos pendant laquelle il écrivit à sa femme.

Carississsima mia,

Je me proposais de repartir pour Vérone, tant, loin de toi, je dépéris. Leur Boston ne vaut pas notre Vérone et puis, ici, ils ont des machines à calculer à la place de cœur. Ta fille, mon pigeon, je ne te le cache pas, me paraît déjà atteinte par la maladie. Il est grand temps qu'elle rentre chez nous, sinon je serais dans l'obligation de la maudire, et tu me connais, lumière de ma vie, ça me crèverait le cœur, je maigrirais et tu risquerais de devenir rapidement veuve, ce qui n'est pas une solution que j'envisage avec plaisir car monter au paradis sans toi, ma colombe roucoulante, ça ne me tente pas. Sans compter que moi parti, les galants ne te manqueraient pas, dans l'espoir de prendre ma place, et moi, si je te voyais de là-haut, dans les bras d'un autre homme, je serais capable de redescendre rien que pour te faire honte!

J'avais l'intention de prendre l'avion d'après-demain, mais figure-toi qu'on a assassiné un banquier très connu de la haute société et la police est sur les dents. Alors, ils se sont tous traînés à mes pieds — connaissant ma réputation — pour me supplier de rester afin de les aider. Je ne pouvais le refuser à notre gendre ni à l'Italie, notre Mère, car notre honneur national est en jeu. Dès que je leur aurai livré le coupable et fait la preuve qu'ils sont des enfants maladroits à côté de nous, je courrai à l'aéroport pour m'envoler vers toi et les bambini.

Ton Roméo qui t'aime plus que sa propre vie et qui te demeure fidèle malgré les vamps et les stars l'entourant, parce qu'aucune ne saurait rivaliser avec toi.

ROMÉO TARCHININI.

P.-S. — Imagine qu'on est incapable de

*m'offrir ou de me procurer une goutte de
Chianti. Ils semblent ne connaître ici que le
coca-cola et les jus de fruits. Par cette simple
réflexion, tu jugeras de l'impérieux désir que
je puis éprouver de rentrer à Vérone au plus
vite.*

L'admirable chez le père de Giulietta est
que dans ses lettres, tout autant que dans
ses discours, il ne se montrait ni tout à fait
sincère ni tout à fait menteur. Simplement,
il prenait ses désirs pour des réalités. Il
voyait le monde et les gens comme il aurait
voulu qu'ils fussent et la bonne grosse mama
qui, là-bas ,via Pietra, torchait les bambini,
lisait les lettres de son époux, les larmes aux
yeux, savait fort bien, au fond d'elle-même,
qu'il ne disait pas exactement la vérité, mais
cela lui était égal. Pour elle, seuls les mots
comptaient et elle ne s'étonnait pas, en dépit
de son volume, de son corps déformé, de se
voir victorieusement confrontée aux stars
américaines. Elle aimait aussi dans son époux
ses mensonges, qu'elle savait ne pas être
exactement des mensonges au sens où l'entendent les gens ne vivant pas au soleil.

***

Tarchini appela le maître d'hôtel.

— Angelo, je fais appel à tes sentiments patriotiques, ceux qui t'attachent à notre commune Mère italienne, bien entendu, pour m'aider à tenter de donner une leçon à ces Américains qui se croient les plus intelligents du monde. Si tu es d'accord, tu ne me quitteras plus dans les jours qui viennent car je ne puis, malheureusement, compter sur mon gendre. Il a l'optique américaine et croit encore que deux et deux font quatre, et ma fille — je te confie cela avec douleur, Angelo — est trop amoureuse de son mari pour le juger et comprendre que je lui suis dix fois supérieur en dépit de ses titres et de ses livres.

— Signore, je me tiens à votre disposition.

— Bon, pour l'instant, téléphone à Miss Parker pour lui demander si elle peut me recevoir?

Le maître d'hôtel s'exécuta et apprit à Roméo que Miss Parker ne tenait guère à recevoir qui que ce soit, mais que pour le beau-père de Cyrus Leacok, elle ferait une

exception bien qu'elle ne comprît pas exactement les raisons de l'entretien sollicité.

Tarchinini gonfla le torse.

— Qu'elle ne se fasse pas de mauvais sang,
je les lui expliquerai. En route, Angelo.

Janet Parker reçut Roméo et son interprète dans l'appartement privé qui lui était
réservé dans la maison paternelle et où elle
jouissait d'une indépendance complète. La
jeune fille, vêtue de noir, le visage quelque
peu boursoufflé par les larmes, semblait se
remettre difficilement de la mort de son père.
D'entrée, elle ne cacha pas à ses visiteurs
qu'elle se sentait très lasse et qu'ils l'oblige-
raient en se montrant aussi brefs que possible.

Tarchinini commença par affirmer à son
hôtesse qu'il lui trouvait une beauté tragique
le faisant penser à Electre qui, elle aussi,
pleurait la mort d'un père bien-aimé, mais
qu'il la suppliait de contenir son chagrin car
il était d'âme trop sensible pour voir pleurer
une femme sans pleurer à son tour. Un
instant, Janet se demanda si ce petit homme
si curieusement accoutré se moquait d'elle,

mais elle devina qu'il se montrait sincère et
en fut émue. Après ces préliminaires, le papa
de Giulietta entra dans le vif du sujet l'ayant
amené à rendre cette visite apparemment
insolite.

— Signorina, que pensez-vous de Stève
Murcy ?

— Que puis-je penser d'un homme qui a
tué mon père ?

— Attention, signorina ! Êtes-vous sûre
qu'il est bien le meurtrier du signore Parker ?

— La police...

— Par pitié, signorina, ne nous occupons
pas de la police ! Vous connaissez ses méthodes, hé ? Du moment qu'ils ont sous la main
quelqu'un à qui ils peuvent faire endosser le
meurtre, ils n'en demandent pas plus.

— Pourtant votre gendre...

— Mon gendre comme les autres, mais lui
ce n'est pas la paresse. Il croit à l'évidence
sans savoir que les dieux s'amusent à nous
duper par les apparences justement. Un bon
policier se doit de voir au-delà des apparences. Je veux dire qu'il ne suffit pas de trouver un coupable présumé, mais encore de comprendre pour quelles raisons il a commis son
crime.

— Il paraît que ce Murcy est un violent. Il a pu se disputer avec mon père.

— A quel propos ?

— Ça...

— Et voilà ! J'ai bavardé avec ce garçon, je puis vous assurer qu'il n'est pas fou et seul un fou aurait pu se disputer avec votre père qui souhaitait lui rendre service. Quant à être violent, il l'est certes, mais seulement quand son cœur est en jeu. Il a été bafoué par cette Deborah et il s'est mis en colère. Quel homme de cœur n'en aurait pas fait autant... Tenez, moi, qui suis pourtant un homme paisible, j'ai failli assassiner un individu qui s'était permis de regarder ma femme avec une insistance malhonnête...

— Rien ne prouve que mon père ait convoqué Murcy. L'histoire qu'il a racontée à propos du secrétaire venant lui donner ce rendez-vous, a été reconnue fausse.

— Pardon, signorina, il a été prouvé que ce n'était pas le secrétaire de Mr Parker qui avait abordé Stève dans la rue, mais cela ne démontre pas que quelqu'un ne l'ait pas abordé. Au surplus, signorina, quand vous avez heurté la voiture de Murcy, a-t-il fait preuve de cette violence qu'on lui impute ?

— Non... Il s'est montré très gentil, très compréhensif au contraire.

— Et pourtant, dans des circonstances identiques, la plupart des conducteurs d'automobiles entrent dans des rages folles.

— Exact.

— Alors, ce garçon qui ne réagit pas lorsque vous causez à sa voiture un dommage grave, bien qu'il n'ait pas les moyens de la faire réparer, se change en meurtrier d'un homme dont il peut tout espérer ?

— Mon père — j'ai honte de le dire — s'était fort mal conduit à son égard par suite de ma... de ma lâcheté. Il a pu désirer se venger ?

— Je ne le pense pas, car Murcy venait d'être relâché sur la demande de Jérémie Parker et celui qu'il a rencontré lui donna l'assurance que le banquier entendait réparer l'injustice commise. D'autre part, comment Murcy savait-il que la porte-fenêtre située derrière la maison donnait sur le bureau de votre père ?

— Évidemment...

— Vous êtes la première à avoir vu le pseudo-meurtrier après son prétendu crime. Quelle a été votre impression ?

— Il semblait écrasé... anéanti... Il n'a pas esquissé un geste quand je suis entrée... et lorsque j'ai crié, il s'est sauvé...

— Avouez que c'est là un comportement étrange pour un furieux ?

— A la réflexion, bien sûr...

— Signorina, je suis certain que Stève Murcy n'a pas tué votre père et pourtant il est en prison.

— S'il n'y a pas de preuves formelles contre lui, on le libèrera sous caution.

— Qui paiera cette caution ?

Janet regarda pensivement son interlocuteur.

— Si je vous comprends, Mr Tarchinini, vous désirez que je paie la caution de Murcy ?

— Il me semble que ce serait une juste compensation pour la responsabilité de l'accident que vous lui avez fait endosser.

— Soit, mais si vous vous trompez?

— Roméo Tarchinini ne se trompe jamais !

— Songez-vous à ce que l'on dira si l'on apprend que la fille de la victime a payé la caution de mise en liberté provisoire de celui qui est tenu pour le meurtrier de son père ?

— Nul n'a besoin de l'apprendre. Sitôt que je connaîtrai le montant de la somme exigée,

vous me la remettrez et c'est moi qui paierai,
en mon nom.

— Vous avez tout prévu, n'est-ce pas ?

— Je prévois toujours tout, signorina.

— Vous pouvez compter sur moi, dans ce
cas. J'ai confiance en vous. Pourtant si Murcy
n'est pas le coupable, qui ?...

— Je l'ignore. A propos, êtes-vous amoureuse ?

Janet sursauta tandis qu'une vive rou-
geur envahissait son visage.

— Pardon ?

— Aimez-vous ? Êtes-vous aimée ?

— Pensez-vous que ce soit le moment de
poser une question aussi indiscrète et qui ne
vous regarde en rien ?

— Ma qué! signorina! L'amour se moque
de la mort! Il triomphe de tout. Croyez-en
quelqu'un qui s'y connaît! Pour moi, tous
les crimes sont à base d'amours malheureuses
ou qui rencontrent des obstacles qu'il leur
faut supprimer pour vivre. Ainsi, Murcy
aurait pu tuer votre père s'il vous avait
aimée et si Jérémie Parker avait ri de cette
tendresse.

— Il n'en est pas question!

— C'est bien ce que je pense et il me faut

donc chercher ailleurs les traces de l'amour.
Par elles, j'arriverai au coupable...

— Je comprends maintenant ce que vous
me disiez : que vos raisonnements en matière
d'enquête ne ressemblaient guère à ceux de
notre police. Je ne vois pas Cyrus s'inter-
rogeant sur ce chapitre... et encore moins
Carlson.

Très simplement, Tarchinini conclut :

— Voilà pourquoi, signorina, je triomphe-
rai là où ils échoueront avec leurs chiffres et
leurs machines. Puis-je vous demander si
vous vous entendez bien avec votre belle-
mère ?

— Disons que nous nous supportons parce
que nous ne pouvons pas agir autrement.

— Des motifs sérieux à cette commune
aversion ?

— Mon père avait commis une sottise en
s'éprenant de cette jolie femme, de si loin
sa cadette.

— Dans ces conditions, pour quelles
raisons êtes-vous restée ?

— D'abord pour ne pas peiner mon père
qui m'aimait autant que je l'aimais, ensuite
pour veiller au grain.

— Ce qui signifie ?

Carol est affreusement dépensière et malgré la fortune de mon père, cela eut pu tourner à la catastrophe si je n'avais pas été là pour alerter son mari quand elle exagérait.

— Je vois... Eh bien! signorina, je vous remercie et vous félicite de votre chance.

— Ma chance?

— D'avoir rencontré un homme tel que moi dont l'intelligence, la subtilité, vous empêcheront d'être la complice d'une mauvaise action. Comme je pense vous connaître, le remords eut empoisonné votre existence au cas où l'on eut envoyé Murcy à la chaise électrique, ce qui se serait sans doute produit si Roméo Tarchinini ne s'était mêlé de cette histoire. Puis-je rencontrer votre belle-mère?

— Tout de suite?

— S'il vous plaît?

Janet téléphona à l'appartement de Carol, lui expliquant en deux mots ce qu'elle désirait.

— Elle vous attend, mais se déclare très fatiguée.

— Peut-être a-t-elle du chagrin, elle aussi?

— J'en doute.

— Encore un mot signorina, à quel cinéma

vous êtes-vous rendue hier soir en compagnie de votre belle-mère ?

— Au Roxy.

— Et vous y avez vu... ?

— *My Fair Lady*.

— Vous êtes restées ensemble, tout le
temps, la signorina Parker et vous, jusqu'à
la fin du spectacle ?

— Nous ne nous sommes pas quittées
depuis l'instant où nous avons pris congé de
mon père jusqu'à ce que je découvre le... le
drame.

* *
*

Carol Parker s'affirmait sans conteste,
aux yeux émerveillés de Tarchinini une
des plus jolies femmes qu'il lui ait jamais
été donné de rencontrer. La veille au soir, il
n'avait pas tellement pris garde à elle, mais
en ce moment où elle le recevait dans un
boudoir meublé à la manière d'Hollywood,
elle symbolisait pour l'Italien, le modèle-
type de la vamp. Roméo en perdait de sa
superbe et regrettait de ne plus avoir trente
ans. A la vérité, ce regret était des plus
vagues car, en dépit de son âge, il se croyait

toujours un danger permanent pour le beau sexe.

Le noir allait remarquablement bien à la blondeur fragile de Carol. Roméo faillit tomber à genoux tant était grande son émotion et, sans se rendre compte du sacrilège, il assura :

— Désormais, signorina, je saurai à quoi ressemble la Madona !

Carol Parker n'avait jamais encore été comparée à la Sainte Vierge et ne put maîtriser le fou rire l'empoignant tandis que son hôte, lui prenant la main, y déposait un baiser d'une durée excessive. Ce petit homme rondelet divertissait la jeune veuve qui s'ennuyait ferme.

— Vous avez demandé à me parler, Monsieur ?

— Pour vous réclamer votre aide, signora.

— Mon aide ?

— A seule fin de découvrir le meurtrier de votre époux.

— Le meurtrier ? Mais n'est-il pas déjà arrêté ?

Supérieur, le papa de Giulietta eut un haussement d'épaules méprisant.

— C'est ce que racontent les journaux, ce

que se plaît à croire la police, mais il faut autre chose pour convaincre Roméo Tarchinini.

— Je ne comprends pas l'intérêt que vous manifestez, Monsieur, pour ce meurtre crapuleux dont mon pauvre Jérémie a été victime et qui ressortit au plus vulgaire des mobiles !

— Signora, l'amour peut être monstrueux, criminel, jamais vulgaire !

— L'amour ? Où voyez-vous de l'amour dans cette sinistre histoire ?

— Ma qué ! signora, je ne le vois pas, je le sens ! Je le hume ! Pour moi, tous les crimes ont pour cause une histoire d'amour ! Telle est la théorie de Roméo Tarchinini, votre serviteur.

— Mais quelle histoire d'amour ?

— Justement, signora, je ne la connais pas et je la cherche. Le jour où je l'aurai découverte, je démasquerai du même coup le meurtrier de votre mari.

— Parce que vous ne pensez pas que ce Murcy... ?

— Je suis à peu près sûr de son innocence.

— A peu près n'est pas suffisant pour convaincre les juges.

— J'ai l'intention de transformer cet
« à peu près » en une certitude facile à faire
partager avec l'aide des personnes de bonne
volonté qui vivaient autour de votre
époux.

— Cher monsieur, Jérémie était l'esprit
le moins romanesque qui se pouvait rêver.

— Qui sait, signora ? Qui sait ? Nous ne
ressemblons pas toujours à nos apparences.

— Puis-je vous demander, Monsieur, à
quel titre vous vous intéressez à la mort de
mon époux ?

— D'abord, parce que Parker m'était
sympathique, bien que ne l'ayant rencontré
qu'une fois et que nous nous soyons querellés
ensuite parce que je déteste l'injustice, et je
n'admets pas que tout le monde se ligue
contre Stève Murcy sous prétexte qu'il est
seul, enfin, à titre professionnel : je suis
commissaire de police criminelle et j'aime les
problèmes délicats.

— Carlson est au courant de vos intentions ?

— Évidemment.

— Et... il les approuve ?

— Pas précisément.

— Je m'en doute, car Carlson n'est pas

homme à tolérer qu'on vienne piétiner ses plates-bandes.

— Je tâcherai d'éviter de me montrer lorsque cela m'arrivera.

— Je crains, pour vous, Monsieur, que vous n'alliez au-devant de gros ennuis. Carlson a le bras long.

— Mon gendre, Cyrus W. Leacok, l'a, pour le moins, aussi long.

— Carol sourit.

— J'aime les obstinés...

Roméo se rengorgea, persuadé que son charme naturel agissait et il eut une pensée affectueuse pour sa pauvre Giulietta qui avait la malchance d'avoir uni son sort à un homme irrésistible et constamment sollicité.

— ... Aussi vous aiderai-je de tout mon pouvoir qui n'est malheureusement, pas grand.

— Connaissiez-vous des ennemis à votre mari ?

— Pas spécialement.

— Vous entendiez-vous bien ?

— Il m'adorait.

— Et vous ?

— Jérémie était beaucoup plus âgé que moi... Je nourrissais à son égard une grande reconnaissance... et une affection ressemblant un peu à celle qu'une fille pourrait témoigner pour un père qui la gâterait et satisferait tous ses caprices.

— Je vois... et, par ailleurs, il n'existe pas quelqu'un pour qui vous éprouviez un autre genre d'attachement ?

— Monsieur !

— Ma qué! signora, quand il s'agit de meurtre aucune question n'est indiscrète, hé ?

— Ma fidélité s'affirmait par ma contribution à la bonne marche de notre ménage.

— Et Janet ?

— Quoi, Janet ?

— Vous ne vous entendez pas très bien toutes les deux ?

— Disons que Janet me jalouse un peu... Sans doute jugeait-elle que Jérémie dépensait pour moi un argent qu'elle estimait lui appartenir.

— Qui va hériter l'énorme fortune de Parker ?

— Wilfrid Hasmith, son notaire, nous le dira demain, mais ce n'est un secret pour personne — si j'en crois les assurances de mon mari — que je serai la principale bénéficiaire.

— Voilà qui ne fera pas plaisir à sa fille?

— Je vous rappelle que c'était moi et non elle qu'il avait épousée!

— Vous vous êtes rendue au cinéma, hier soir, avec votre belle-fille. Êtes-vous restées ensemble tout le temps?

— Tout le temps.

— Et Manuel?

— Manuel àussi, je pense.

— Vous pensez, seulement?

— Vous devez comprendre qu'il n'était pas assis à nos côtés!

— Bien sûr. Signora, je vous remercie. Puis-je vous demander de faire appeler Manuel? J'aimerais l'interroger.

— Ce sera difficile.

— Pourquoi?

— Je l'ai mis à la porte ce matin. Il doit être parti à l'heure qu'il est.

— Vous l'avez renvoyé?

— Exactement.

— Pour quelles raisons?

— Il me détestait et je lui rendais son aversion.

— Puis-je savoir...?

— Manuel représentait l'espion-type. Il me surveillait hargneusement et adressait des rapports à mon mari sur mes courses, mes visites, mes rencontres, etc...

— Dois-je croire que Parker vous soupçonnait ?

— Je suis sûre que non et que Manuel agissait de son propre chef.

— Mais quelles raisons avait-il de...

— Il était amoureux de Janet, et lui aussi, estimait que je dilapidais la fortune qu'il jugeait appartenir à cette dernière ! J'ajoute — pour être honnête — que Janet ne s'est peut-être jamais rendu compte de la passion de Manuel.

— Où est allé ce Manuel ?

— Je l'ignore et ne tiens pas à le savoir. Tout ce que je désire, c'est de ne plus entendre parler de cet individu.

— Croyez-vous qu'il puisse être pour quelque chose dans le meurtre de Jérémie Parker ?

Carol hésita.

— J'aimerais pouvoir vous répondre oui. Malheureusement, je dois me rendre à l'évidence : Manuel avait tout à perdre avec la disparition de mon mari, car il n'ignorait rien des sentiments que je lui portais.

— Comment se fait-il que vous n'ayez

pas prié votre mari de le renvoyer ?

— Jérémie était très obstiné et avait une confiance absolue en Manuel qu'il connaissait avant de me rencontrer.

*
* *

En apprenant que Roméo Tarchinini lui demandait de le recevoir, le chef Carlson eut un sourire de contentement. Sans doute, ce ridicule petit Italien venait-il lui adresser des excuses pour s'être abusivement mêlé de ce qui ne le regardait pas, démarche ayant eu pour résultat le meurtre de Jérémie Parker. Il ne devait pas être tranquille, le bonhomme, en dépit de la protection de son gendre. Carlson donna l'ordre d'introduire Tarchinini.

Tout de suite, le chef de police prit la direction des opérations. Toujours par l'intermédiaire du fidèle Angelo, il s'enquit :

— Alors, pas très fier de vous, hein ?

— Et vous ?

— Pardon ?

— Je vous demande si vous êtes content de vous et si votre conscience se satisfait de l'arrestation d'un innocent ?

Le visage de Carlson passa par plusieurs teintes avant de se fixer à un rouge légèrement violacé. Puis il tonna :

— Vous allez recommencer à nous embêter ! Quels que soient vos appuis, je ne le supporterai pas, je vous en avertis !

— La justice...

— Ici, elle ne vous regarde pas ! C'est moi, la justice !

— Ma qué ! depuis le temps que je la fréquente, je lui supposais une autre figure, hé ?

Si Roméo n'avait été le beau-père de Leacok, Carlson aurait éprouvé une satisfaction profonde à le sortir de son bureau à grands coups de pied dans les fesses. Il se contint difficilement.

— Qu'est-ce que vous voulez exactement ?

— Vous rappeler que vous n'avez aucune preuve contre Murcy.

— C'est vous qui le dites !

— Je vous défie de prétendre le contraire ?

Carlson jura entre ses dents.

— Peut-être ne possédons-nous pas encore une preuve indiscutable, par contre nous avons des tas de preuves indirectes.

— Celles-ci, au terme de votre Constitu-

tion, ne justifient pas le maintien de Murcy
en prison.

Le chef de police sourit sardoniquement :

— Mais je suis tout prêt à le remettre en
liberté pourvu qu'il paie sa caution.

Et d'un air enjoué, il ajouta :

— Elle a été fixée officiellement par le
juge Patterson à dix mille dollars... Entre
nous, je doute qu'il puisse la payer.

— Sûrement, mais je la paierai pour lui
dès ce soir.

CHAPITRE IV

Roméo se rasait, lorsque Cyrus entra dans sa chambre. Par l'intermédiaire de la glace, l'Italien constata que son gendre arborait un visage sombre. Tout en continuant de passer sur sa joue la lame qu'il maniait avec l'autorité acquise grâce à une longue expérience, il s'enquit :

— Quelque chose qui ne va pas, Cyrus ?

L'autre répliqua d'une voix sinistre :

— Et comment cela pourrait-il aller quand on a le malheur d'avoir un beau-père de votre sorte ?

D'émotion, Roméo faillit s'enlever une oreille. Quelle mouche piquait Leacok, un garçon d'ordinaire si bien élevé ? Tarchinini se retourna et, d'une voix sévère :

— Voilà qui mérite explication, hé ?

Tarchinini entendait donner la noble impression de l'innocence outragée, mais sa tenue (il ne portait qu'un maillot de corps sur son pantalon de pyjama) et la mousse de savon occupant une moitié de son visage, lui ôtaient toute solennité. Après une hésitation, Cyrus se décida :

— Vous ne voudriez pas repartir pour Vérone ? Je vous offre votre billet.

La surprise laissa d'abord Roméo sans voix, puis, incrédule, il demanda :

— Vous, Cyrus, vous me chassez de votre maison sous le toit de laquelle respire ma Giulietta ?

— Je ne vous chasse pas... je vous prie simplement de partir.

— Ma qué ! c'est la même chose, hé ?

Tarchinini attendit une réponse qui ne vint pas. Mortifié, peiné et surtout surpris, il se retira dans sa dignité.

— Signore, je ne me suis jamais incrusté là où ma présence n'était pas souhaitée. Veuillez donner des ordres pour qu'on prépare mon bagage. Si ma fille n'est pas là, c'est sans doute qu'elle n'a pas eu le courage de me signifier mon renvoi ? Il est vrai qu'il y a des besognes qu'on préfère laisser à d'autres. Dites-lui, de ma part, je vous prie, que vous vous en êtes très bien tiré. Et maintenant, je vous serais obligé de me laisser.

Leacok sur le point de sortir, lança :

— Savez-vous qu'après votre visite, le chef Carlson a eu un accès de fièvre chaude ? Sa femme et ses deux filles ont passé toute la nuit à son chevet pour le maintenir dans son lit. Il voulait absolument se lever pour se rendre à la Maison Blanche et supplier le président Johnson d'envoyer ses « Marines » en Italie pour y détruire Vérone !

— Ce type-là, du premier coup d'œil, ne m'avait pas paru normal. Et vous l'avez nommé chef de la police ! Vous êtes quand même de bien curieuses gens, hé ?

— Beau-père, qu'avez-vous fait au chef Carlson ?

— Moi ? Mais rien du tout ! En voilà une idée !

— Alors, pourquoi, lorsque vous avez eu quitté son bureau, a-t-il tout cassé ? Et d'abord, pourquoi étiez-vous allé chez lui ?

— Pour le prier de remettre Murcy en liberté.

Cyrus haussa les épaules.

— Avec le montant de la caution que le juge a fixée, vous ne risquiez pas d'obtenir gain de cause.

— C'est ce qui vous trompe, mon bon. Murcy est en liberté à cette heure-ci.

— Quoi ? Mais... la caution ?

— Je l'ai payée.

Le garçon se raccrocha au chambranle de la porte.

— Vous... vous l'avez payée ? Mais... mais avec quoi ?

— Cyrus, mon garçon, c'est moi le beau-père et vous le gendre. Essayez de vous le rappeler, hé ?

— Ce n'est pas possible !... Ce n'est pas possible !

— Quoi donc ?

— Que vous soyez venu de Vérone pour foutre la pagaïe dans notre administration policière et dans ma vie ?

— Qu'est-ce que votre existence person-nelle a à voir là-dedans ?

Cyrus ricana, amer :

— Parce que vous vous imaginez qu'ici, on me pardonnera d'avoir un beau-père dans votre genre ?

— J'ai, au contraire, l'impression qu'on vous enviera...

Leacok eut un râle de désespoir.

— Et si Murcy continue à tuer ?

— Pour quelles raisons ?

Dégoûté, Cyrus se retira, et Roméo acheva sa toilette tout en sifflotant *Santa Lucia*, ce qui le poussa à rêver de son voyage de noces à Naples, de Giulietta telle qu'elle était en ce temps-là, de lui-même, de la naissance de sa première fille, des bambini, en bref, il s'enfonça dans une rêverie émue dont il ne sortit qu'en entendant frapper à sa porte. Miss Charity, le nez pincé par le dégoût, l'œil débordant de mépris, entra d'un pas conquérant, suivie d'Angelo, vers lequel elle se tourna aussitôt.

— Angelo, dites à cet homme que je viens lui parler au nom des « Pionnières du Vieux Temps » !

Dès lors, entre Charity et Roméo, les répliques fusèrent en passant par le maître d'hôtel, devenu relais entre deux mondes qui ne pouvaient, dans tous les sens du mot, se comprendre.

— Monsieur, nous vous avons accueilli de la façon que méritait le père d'une femme faisant partie intégrante de la famille Leacok et force nous est de nous rendre compte que vous nous avez déshonorés, déshonoré Boston, déshonoré les États-Unis.

— Ce que vous dites est complètement idiot, mais vous le dites très bien.

Miss Leacok renifla longuement avant de réclamer des précisions.

— Vous m'avez traitée d'idiote ?

— Pas vous, signorina, mais les propos que vous tenez.

— Mais celui qui tient des propos idiots est forcément idiot ? Non ?

— Pas du tout ! On peut proférer des phrases stupides sous le coup d'une grande émotion : la peur, la colère, l'amour.

— Je n'ai pas peur de vous, vous êtes une trop petite chose pour que je prenne la peine de me mettre en colère ; quant à l'amour, les « Pionnières du Vieux Temps » s'en moquent et laissent cette dégoûtante faiblesse aux autres !

Tarchinini répondit à cette tirade par un soupir dont la puissance et la profondeur évoquaient le départ d'une fusée interstellaire. Miss Charity daigna en marquer de l'étonnement.

— Qu'avez-vous ?

— Je souffre.

— Vous souffrez ?

— Parfaitement, je souffre lorsque j'entends une femme faite comme vous l'êtes, mépriser l'amour, Miss Leacok !

Pour la première fois de son existence, Charity entendait son nom accolé au mot amour. Elle en fut remuée bien qu'incrédule. Cependant, sa voix s'adoucit :

— Qu'entendez-vous exactement par là, Mr Tarchinini ?

— Vous avez dû en rendre malheureux plus d'un !

Sentant que Miss Leacok l'épiait, Angelo eut du mal à tenir son sérieux et s'obligea à traduire scrupuleusement les paroles de Roméo. Charity rougit.

— Vous vous moquez de moi ?

— Ah ! Miss, s'il y a une chose que Roméo Tarchinini respecte, une chose dont Roméo Tarchinini ne se moque jamais, c'est l'amour ! D'ailleurs si, à Vérone, on apprenait que j'ai blasphémé l'amour, on me lapiderait à mon retour !

La vieille fille parut impressionnée par

cette profession de foi. Presque timidement, elle s'enquit :

— Vous connaissez tellement le sujet ?

— Moi ? Ma qué! dans tout Vérone nul n'ignore qu'il n'y a qu'un expert dans le domaine de l'amour et c'est Roméo Tarchinini! Aussi, du premier moment où je vous ai vue, je me suis chuchoté : en voilà une qui est née pour l'amour et si elle avait voulu...

— Vous... vous croyez ?

— Si je crois ? Oh! Madona! mais j'en suis sûr ? Osez nier, Miss, que jadis on ne s'est pas battu pour vous ? Qu'on n'est pas venu chanter sous vos fenêtres ?

— En vérité...

— N'ajoutez pas un mot! Je respecte la pudeur de celle qui a su se garder pure parce qu'elle se voulait exigeante!

Et, d'une voix aussi hypocrite que tremblante d'émotion contenue, il ne craignit pas d'ajouter :

— S'il y en a une ici capable de comprendre les tourments de l'amour, c'est vous, Miss Charity!

La vieille fille n'était plus certaine que des garçons, autrefois, ne s'étaient pas entre-tués pour ses beaux yeux et elle s'imaginait entendre le chant langoureux de ces guitares dont parlait l'Italien. Sa hargne naturelle, envolée, elle trouvait sympathique cet homme lui apprenant des choses dont personne avant lui ne lui avait parlé.

— Je me demande, Mr Tarchinini, si je ne me suis pas trompée sur votre compte ? Si je n'ai pas été abusée par des racontars relevant de la calomnie ? Cette histoire de Murcy que vous auriez fait libérer...

— Je vous ai devancé!

— Vous m'avez... ?

— Cette aventure de Stève Murcy, il n'y a que vous et moi qui pouvions la comprendre, car ce n'est pas une affaire de raison mais de cœur!

Continuant sur sa lancée, Roméo vécut pour la seule Charity, la triste aventure de Stève et Deborah. On eut dit qu'il parlait de Samson et Dalila. Miss Leacok, malgré l'inconvénient de la traduction obligatoire amoindrissant l'élan du conteur et abaissant de quelques degrés la chaleur du récit original, écoutait, vibrait, palpitait. Cette Deborah qu'elle n'avait jamais vue, elle devinait qu'elle ressemblait comme une sœur à celle que Miss Leacok aurait pu être,

qu'elle aurait dû être... qu'elle avait été...
Effaré, Angelo voyait cette vieille fille revê-
che, autoritaire, et autant pourvue de cœur
qu'une tarentule en quête d'un mauvais
coup, se métamorphoser. Sous le charme
véronais, Charity fondait, rentrait en elle-
même, muait. Lorsque Roméo s'arrêta, pour
la première fois depuis vingt ans, Charity
Leacok avait les larmes aux yeux. Elle
bégaya :

— Mr Tar... Tarchinini... vous êtes un...
un homme ex... extraordinaire !

L'Italien s'inclina.

— Permettez-moi, signorina, de rendre
hommage à la clarté de votre jugement.

— Vous avez eu raison d'agir de la sorte !
Ce malheureux garçon, seul avec son chagrin, seul avec le souvenir de l'ingrate, de
l'infidèle, ne saurait être abandonné. Je vous
aiderai à le sauver, Mr Tarchinini !

— C'est vrai ?

— Je le jure sur le fanion des « Pionnières
du Vieux Temps ».

Sans réfléchir davantage et parce que
c'était son tempérament, Roméo sauta au
cou de Charity et l'embrassa avec ardeur.
Angelo ferma les yeux pour ne pas voir ce

qui allait se passer, mais n'entendant rien,
il entrouvrit les paupières : Miss Leacok,
raide et le regard vague, se passait doucement, tendrement, les doigts sur les joues en
murmurant :

— *Dear old boy... dear old boy...*

Après cette scène, dont il n'était pas
mécontent du tout, car, oubliant l'âge de
Charity, Roméo se persuadait qu'il demeurait un terrible danger pour les femmes, il
décida d'aller rendre visite à Manuel, le
chauffeur-masseur de Parker dont la jeune
veuve s'était débarrassée si rapidement, un
peu trop rapidement même à son goût. Le
maître d'hôtel s'était procuré l'adresse de
Manuel grâce à cette solidarité régnant dans
le monde à part des gens de maison, où sa
situation chez les Leacok lui assurait un
privilège certain.

Manuel habitait une chambre que lui
louait une dame âgée et fort avenante. Tarchinini n'eut nul besoin de dépenser des tré-
sors d'éloquence pour qu'elle lui apprît que
le chauffeur-masseur se trouvait en ce mo-

ment chez lui. Elle en profita pour faire
l'éloge du garçon, son locataire depuis bien
des années et dont elle n'avait jamais eu à
se plaindre. Toutefois, elle reconnut que
depuis la veille, il paraissait fort déprimé.
Cela se comprenait, car il aurait du mal à
retrouver une place du genre de celle qu'il
occupait chez les Parker depuis si longtemps.

Si Manuel fut surpris d'une visite qu'il
n'attendait sûrement pas, il ne le montra
pas ayant l'impassibilité professionnelle des
bons domestiques qui n'entendent et ne
voient que ce qu'ils doivent entendre et voir.
Il pria son hôte d'entrer dans son modeste
logis et Roméo jugea avec sympathie l'ordre
régnant dans la chambre.

— J'ai appris votre départ de la maison
des Parker... Comptez-vous vous replacer ?

— Évidemment, Monsieur. (Tarchinini
goûta l'élégance du « Monsieur » dit en français.) Mais je ne suis cependant pas à la rue...
Je possède quelques économies, Mr Parker
s'étant montré très généreux durant tout
le temps où j'ai été près de lui... D'autre part,
Monsieur comprendra qu'ayant servi plusieurs années dans une telle maison, il ne

m'est plus possible d'accepter n'importe quoi. J'ai un standing à maintenir.

Impressionné par cette fierté qui, au-delà de la mort, rendait hommage à son défunt patron, l'Italien s'enquit :

— Vous étiez très attaché à Jérémie Parker, n'est-ce pas ?

— Très.

— Alors, pourquoi Mrs Parker a-t-elle cru bon de vous congédier ?

— Je n'ai pas à m'interroger sur les motifs qui ont décidé Mrs Parker à se priver de mes services.

— Cela a pourtant dû être un choc pour vous ?

— Certainement, Monsieur, un choc dont je ne suis pas encore remis.

— Vous... ne vous en doutiez pas ?

Manuel hésita avant de répondre.

— Si, Monsieur.

— Ah ?

— Mrs Parker supportait difficilement ma présence.

— Tiens ! tiens ! Et... pour quels motifs ?

— Je l'ignore, Monsieur... Peut-êrre jugeait-elle déplacée la familiarité dont son mari témoignait à mon égard ? Un valet de chambre est souvent pris pour confident.

— Mr Parker s'est-il jamais plaint à vous de sa femme.

Manuel sursauta.

— Mr Parker était un gentleman, Monsieur ! De plus, il adorait Mrs Parker.

— Et elle ?

— Pardon ?

— Rendait-elle à son mari l'affection qu'il lui portait ?

— Je pense que oui, Monsieur.

— Un chauffeur se rend compte de bien des choses... Vous êtes-vous aperçu d'une infidélité de Mrs Parker ?

— Non, Monsieur. Sans doute, Mrs Parker pouvait-elle passer pour frivole, pour capricieuse, pour dépensière, mais je suis persuadé qu'il n'y avait personne d'autre que son mari dans son existence.

— Dans ce cas, pourquoi vous a-t-elle renvoyé le lendemain de la mort de son époux ?

— Je répète à Monsieur que je l'ignore.

— Vous ne me dites pas la vérité, Manuel.

— J'affirme à Monsieur que...

— Ne vous fatiguez pas, mon garçon. J'ai posé à Mrs Parker la question à laquelle

vous ne voulez pas répondre et à laquelle elle
a répondu, elle.

— Ah!...

— Vous aimez Janet Parker, Manuel.

Le chauffeur parut s'affaisser. Ses épaules
se creusèrent. Il se laissa tomber sur une
chaise et enfouit son visage dans ses mains.
Tarchinini et Angelo échangèrent un coup
d'œil, émus par un pareil aveu qui pour être
muet n'en était pas moins bouleversant.
Roméo s'approcha du garçon et posa une
main fraternelle sur son épaule.

— Vous n'avez pas à avoir honte... On ne
doit jamais avoir honte d'aimer.

Manuel leva vers son interlocuteur un
visage ravagé.

— Vous pensez vraiment ce que vous dites,
Monsieur ?

— Je vous le jure!

— Oui, j'aime Janet... Je l'ai connue toute
jeune fille, presque une enfant encore... Je
me suis attaché à elle... Elle me traitait
avec gentillesse... un peu comme un grand
frère... Sa mère, Mrs Elaine, avait confiance
en moi... Nous étions heureux... Mrs Elaine
étant souvent souffrante, j'étais chargé de
veiller sur Miss Janet quand elle sortait...

La petite se moquait gentiment de mon rôle de saint-bernard, mais elle me racontait toutes ses petites histoires... C'est ainsi que cela a commencé... Je ne me suis pas rendu compte tout de suite de l'évolution de mes sentiments... Lorsque j'en ai pris conscience, il était déjà trop tard... Et puis, Mrs Elaine est partie et mon rôle auprès de Miss Janet s'est trouvé renforcé... Nous étions heureux et cela a duré jusqu'au jour où Mr Parker a ramené Mrs Carol... D'entrée, celle-ci s'est montrée jalouse de notre bonne entente. Elle a voulu faire place nette, mais Mr Parker tenait à moi... et je pense que j'aurais manqué à Miss Janet qui s'était habituée à ma présence...

— Savait-elle les sentiments que vous lui portiez ?

— Bien sûr que non !

— Comment Mrs Carol a-t-elle deviné ?

— D'abord parce qu'elle est femme, ensuite par jalousie.

— Mrs Carol s'est très vite rendu compte que Miss Janet, Mr Parker et moi formions un petit monde où elle n'aurait pas accès de sitôt... Il n'était pas question qu'elle parvienne à se débarrasser des deux autres,

alors elle s'est rabattue sur moi... Je pense
que s'il avait vécu et pour avoir la paix,
Mr Parker aurait fini par céder. J'imagine
qu'il souhaitait tenir jusqu'au mariage de
sa fille qui m'aurait emmené avec les meubles lui venant de sa mère.

Tarchinini réfléchit un instant.

— Manuel... franchement, qu'espériez-
vous ?

— Rien, Monsieur, sinon rester auprès
d'elle le plus longtemps possible.

Il eut un ricanement plein d'amertume.

— Je n'ai pas perdu la raison, Monsieur,
au point de croire qu'il puisse jamais y avoir
autre chose entre la fille du banquier Jérémie
Parker et un domestique qui n'est même pas
né aux États-Unis.

— Parlez-moi de Mrs Elaine ?

— C'était une femme très douce, mais de
santé précaire... Elle ne pouvait guère
accompagner son mari dans l'existence obligatoirement mondaine de celui-ci... être
présente à toutes les réceptions qu'on donnait. Mrs Carol est beaucoup plus... repré-
sentative. Mrs Elaine s'est effacée sans bruit.

— Pourquoi Miss Janet n'est-elle pas
allée vivre avec elle ?

6

— Mrs Elaine eût été incapable de faire à sa fille l'existence dorée que son père lui assurait.

— La mère et la fille sont-elles restées en bons termes ?

— Excellents pour autant que je le sache, Monsieur. Il m'est arrivé souvent de conduire Miss Janet chez Mrs Elaine.

— Souvent ?

— Plusieurs fois par semaine, Monsieur.

***

Pendant que Tarchinini interrogeait Manuel, les Leacok, Elmer, sa femme Margaret, Cyrus et Patricia, tenaient conseil. Giulietta était restée dans sa chambre, partagée entre le désir de défendre son père et le souci de ne point porter préjudice aux intérêts de son époux. Quant à Charity, elle était sortie, sans daigner dire à personne où elle se rendait.

Elmer prit sa voix des grands jours pour annoncer :

— Cyrus, je suis extrêmement gêné pour vous et pour Giulietta, mais il est bien évident que le comportement de votre beau-père est proprement intolérable.

Margaret fit écho :

— Intolérable, c'est le mot.

Patricia intervint :

— Moi, je le trouve rigolo.

Son père la reprit vivement :

— Pour donner votre avis, Patricia, vous voudrez bien attendre que je vous le demande. Cyrus, nous ne pouvons supporter plus longtemps que Mr Tarchinini nuise à la réputation de notre famille par ses extravagances. Carlson m'a téléphoné ce matin et, tout à l'heure, le gouverneur lui-même ne m'a pas caché sa mauvaise humeur. En haut lieu, on tient à ce que le meurtrier de Parker soit arrêté au plus vite et déféré devant les tribunaux. C'est une tâche difficile et il est proprement inadmissible qu'un membre — fut-ce par alliance — de notre famille, entrave l'action de la Justice.

— Inadmissible! répéta en écho Margaret.

Elmer poursuivit :

— Je crois qu'il vous appartient, Cyrus, en usant de tous les ménagements, d'expliquer la situation à votre femme et de nous débarrasser au plus vite de l'encombrante présence de votre beau-père.

— Je l'ai déjà prié de boucler ses valises, père.

— Ah? Je vous en félicite, mon garçon. A-t-il pris la chose avec philosophie?

— Disons avec dignité.

— Enfin, l'essentiel est qu'il s'en aille.

Margaret opina :

— L'essentiel.

Malgré l'avertissement paternel, Patricia protesta :

— Pour une fois qu'il y avait quelqu'un de marrant dans cette maison, vous le flanquez dehors!

Elmer gronda :

— Patricia, comment osez-vous?

Margaret s'indigna :

— Comment osez-vous? Et d'où tirez-vous cette vulgarité d'expression indigne d'une Leacok? Patricia, vous m'avez blessée!

— Et Mr Tarchinini, mère, ne croyez-vous pas que Cyrus l'a blessé lui aussi? Et Giulietta?

Puis, se tournant vers son frère.

— A votre place, Cyrus, je ne serais pas tellement fier de moi!

L'entrée de Charity empêcha l'explosion d'indignation qui allait secouer les premiers responsables de la réputation familiale. La vieille fille claironna :

— Alors, on profite de mon absente pour tenir conseil ? Qu'est-ce donc que je ne dois pas savoir ?

Elmer Leacok avait toujours craint sa sœur aînée dont l'autorité lui en imposait. De plus, Charity possédait la moitié de la fortune que son frère gérait.

— Mais, ma chère, nous ignorions où vous joindre et comme le problème s'affirmait urgent à résoudre...

— Quel problème ?

— Le départ immédiat de Mr Tarchini.

— Il s'en va déjà ?

— C'est-à-dire que Cyrus a bien voulu le prier de partir.

La demoiselle foudroya d'un regard terrible son neveu.

— Vous avez osé commettre cette vilenie, Cyrus ? Vous n'avez pas songé une seconde à la peine que votre honteuse démarche infligeait à votre femme ?

Éberlués, écrasés par l'incompréhension, Elmer, Margaret et Cyrus essayaient vainement de se persuader qu'ils n'étaient pas les victimes d'un cauchemar collectif. La sévère, la rigoriste, l'impitoyable Charity, pour qui tout manquement à l'étiquette bostonienne devenait sacrilège, prenait le parti de cet Italien impossible et si mal élevé! Mr Leacok tenta de remettre les choses au point.

— Voyons, Charity, vous ne sauriez défendre Mr Tarchinini après ce qu'il a fait?

— Et qu'a-t-il donc fait, mon frère?

— N'êtes-vous pas au courant, Charity? Il contrecarre l'action de notre police et a payé la caution de ce Stève Murcy soupçonné, pour ne pas dire plus, d'avoir assassiné Jérémie Parker!

— Elmer, Murcy a-t-il été libéré oui ou non sous caution?

— Certainement.

— Alors, ce n'est point entraver l'action de la Justice que de se conformer aux instructions de cette même Justice, que je sache?

— Voyons, Charity, vous n'ignorez pas la place qu'occupait Parker parmi nous! Le gouverneur est intervenu pour s'étonner qu'on ait pu remettre son meurtrier en liberté, et je vous laisse à penser ce que sera sa réaction quand il apprendra que c'est un de nos parents qui a payé la caution ?

Miss Leacok hennit de dédain.

— Parce que le gouverneur, lui, n'a aucun doute sur la culpabilité de Stève Murcy ? Dans ce cas, pourquoi ne l'envoie-t-il pas directement à la chaise électrique ?

— Il n'est pas possible, ma sœur, que vous preniez la défense de...

— ... d'un homme qui est peut-être innocent et sur lequel tout le monde s'acharne parce qu'il est seul et pauvre ? Eh bien, si, mon frère ! Mr Tarchinini est un gentleman que j'avais mal jugé au premier abord et je suis surprise, Cyrus, de votre attitude à l'égard du père de votre femme. Si j'étais Giulietta, je ne vous le pardonnerais pas ! En tout cas, je vous avertis tous : si vous obligez Mr Tarchinini à quitter cette maison, je la quitterai avec lui ?

Dans le silence glacial qui suivit cette annonce, Patricia se leva et sauta au cou de sa tante en lui criant :

— Hurrah ! Vous êtes formidable !

Au soir de ce même jour, on apprit l'extraordinaire nouvelle. Par testament en bonne et due forme, Jérémie Parker léguait l'essentiel de sa fortune à sa première femme, Elaine. Au cas où celle-ci disparaîtrait, tout reviendrait à Janet. Ce n'est que si Carol survivait aux deux autres femmes qu'elle encaisserait le gros lot, mais à condition que Janet ne laissât point de veuf ni d'enfant. Pour l'heure, l'épouse légitime devait se contenter d'une dizaine de milliers de dollars et Janet de cinquante mille dollars. On sut, du même moment, que Carol affreusement déçue s'était alitée et ne voulait voir personne.

Parce que Carol Parker avait été pratiquement déshéritée par son époux, on se mit à s'exprimer sur son compte comme jamais encore on n'avait osé le faire. Sa vertu fut mise en doute, son désintéressement devint sujet à caution. En bref, la jeune et jolie veuve perdit la face. Par réaction, on s'intéressa à Elaine Parker à qui l'on attribua tous les mérites, mérites reconnus par l'époux infidèle dans son testament. Manuel ne songea pas à dissimuler la joie qui était la sienne à l'idée de la déception de Carol. Il se déclarait simplement vengé et se disait heureux pour Miss Janet.

Tarchinini, toujours accompagné d'Angelo, rendit visite à Miss Parker qui attendait que sa belle-mère eut vidé les lieux, pour s'installer avec sa mère dans la demeure familiale des Parker. Elle confia à Roméo qu'elle se félicitait d'avoir payé la caution de Murcy puisque son père — sans qu'elle le sut — lui avait réservé une belle compensation. L'Italien l'assura que tout le monde se réjouissait de ce qui lui arrivait, et notamment, son amoureux le plus fervent, que la déconfiture de Carol enchantait. La jeune fille regarda son hôte surprise.

— Mon amoureux ?

— Ma qué! signorina, vous ne me ferez pas croire que vous n'êtes pas au courant de l'espèce d'adoration que Manuel nourrit à votre endroit, hé ?

Janet rit pour cacher sa confusion.

— Oh! vous savez, Manuel a été un peu ma nourrice... Je pense qu'il m'aime comme tous les vieux serviteurs aiment les enfants qu'ils ont plus ou moins élevés ?

— Manuel n'est pas vieux.

— Où voulez-vous en venir, Mr Tarchinini?

— A rien, signorina, à rien... Je suis toujours à la recherche de l'histoire d'amour qui, selon mes théories, est forcément à la base du meurtre de votre père.

— Je ne comprends pas?

— Ne pourrait-on imaginer que, connaissant le testament de Jérémie Parker, Manuel ait voulu que vous héritiez avant que votre belle-mère ne soit parvenue à subjuguer son mari au point de le persuader de refaire son testament en sa faveur?

— Mr Tarchinini, vous avez beaucoup d'imagination. Il n'y a que dans les romans qu'un homme accepte de s'asseoir sur la chaise électrique pour embellir le sort de quelqu'un qui ne doutera jamais de son sacrifice. D'autre part, Manuel était très attaché à mon père. La disparition de ce dernier lui enlevait sa situation, assez exceptionnelle. Enfin, il savait que je tenais beaucoup plus à mon père qu'à son argent.

— Un esprit fruste pouvait espérer une récompense?

— Je crois que vous êtes en train de m'insulter, Mr Tarchinini! Soyez persuadé que si j'avais le moindre soupçon quant à la culpabilité de Manuel dans la mort de mon père, je le dénoncerais moi-même à la police.

— Bien sûr, signorina, bien sûr, mais cela ne prouve pas l'innocence de Manuel. Un homme qui aime avec autant d'aveuglement, ne réfléchit pas. Il agit.

*
* *

Vers onze heures du matin, Roméo exposait ses idées sur le meurtre de Parker à Angelo — car il avait besoin d'un confident pour pouvoir se critiquer lui-même — lorsque Charity se présenta. Avide de passer à l'action, la vieille demoiselle tenait absolument à étudier avec l'hôte italien le moyen de venir en aide à Stève Murcy, victime d'une jolie histoire d'amour. Roméo félicita sa visiteuse de ses excellentes intentions et lui promit de l'accompagner dans l'après-midi chez le garçon qu'elle entendait, désormais, protéger.

— J'ai beaucoup de relations, Mr Tarchinini, et personne n'osera me refuser d'employer un homme de qualité et surtout recommandé par moi. Nous pourrons annoncer à Stève Murcy que la vie recommence pour lui et que je l'aiderai de toutes mes forces à se faire une place solide dans la société.

— Il bénira votre nom, signorina ! Et je me félicite d'avoir trouvé une alliée telle que vous ! Voulez-vous me permettre de trinquer pour sceller notre entente ?

Amusée, Charity sourit. Décidément, ce petit homme lui plaisait de plus en plus, tant autour de lui on respirait un air différent de celui régnant dans l'atmosphère gourmée des Leacok.

— Volontiers. Angelo, allez nous chercher du coca-cola.

Roméo eut un gémissement de détresse.

— Signorina, par pitié ! ne m'obligez pas à boire du coca-cola... Je conviens que c'est une boisson rafraîchissante, fortifiante et tout ce que vous voudrez, mais... mais, je n'y suis pas habitué.

— Et que voulez-vous que nous prenions, alors ?

Une lueur d'indignation éclaira ses prunelles lorsqu'elle chuchota, comme si elle n'osait proférer sa question à haute voix :

— Vous ne prétendriez certainement pas me servir du whisky ?

— Oh! non, signorina! Je ne me le permettrais pas... Et puis le whisky, à Vérone, nous l'ignorons ou presque... Mais j'ai là du Chianti...

Charity eut un sursaut horrifié.

— Du vin! Jamais il n'en est entré une goutte dans cette maison!

— C'est peut-être pourquoi elle est si triste?

Tout en parlant, Tarchinini avait sorti la bouteille de Chianti et des verres. Miss Leacok protesta :

— Je ne goûterai pas à cet infâme breuvage!

— Alors comment vous ferez-vous une opinion?

Vaincue par cette logique indiscutable, Charity trempa ses lèvres dans le Chianti, en avala une gorgée, resta perplexe un instant, puis :

— Pour demeurer honnête avec moi-même, je ne dirai pas que c'est mauvais...

— Vous voyez?

Effondré, Angelo se demandait de quel pouvoir occulte jouissait le beau-père de Cyrus pour obliger la terrible vieille fille à renier tout un passé de puritanisme exacerbé.

— Et maintenant, signorina, trinquons à la réhabilitation totale de Stève Murcy!

Ils trinquèrent et Miss Leacok vida son verre, ce qui eut pour effet de lui enflammer quelque peu le teint. Insidieux, Tarchinini demanda :

— Qu'est-ce que vous en pensez ?

— Je n'ose pas encore me prononcer...

— Vous avez raison, signorina, nous devons établir nos certitudes sur des preuves irréfutables!

Il remplit de nouveau les verres et Charity but aussi gaillardement que lui. Un quart d'heure plus tard, la bouteille de deux litres apparaissait sérieusement atteinte. Angelo se refusait de penser qu'il lui serait donné d'assister à l'effarant spectacle de la directrice des « Pionnières du Vieux Temps » prise de boisson. Au fur et à mesure qu'elle buvait, Miss Leacok perdait de sa raideur. Elle passa une main caressante sur la joue de Roméo.

— Vous me plaisez drôlement, mon garçon!

Le père de Giulietta s'inclina.

— Tout l'honneur est pour moi, signorina.

— Il faut que je vous embrasse.

Tarchinini jeta un regard angoissé à Angelo, qui, sous son masque d'indifférence, bouillonnait de joie. Charity prit l'Italien dans ses bras et ce dernier se crut la proie d'une pieuvre géante. Après des effusions qui tenaient plus de la lutte libre que de la tendresse, la tante de Cyrus, gémit :

— Roméo! ne repartez pas en Italie! Restez près de moi! Je suis riche! Nous mènerons la bonne vie!

La cloche annonçant le déjeuner interrompit l'offensive amoureuse de Charity. Elle se redressa, cédant au fameux réflexe conditionné de Pavlov, et se dirigea d'un pas incertain vers le placard où elle pénétra, le prenant pour la porte. Angelo dut la remettre sur la bonne voie et, lorsqu'elle fut sortie, les deux hommes, crispés, attendirent d'entendre l'écho de sa chute. En vain. Ils poussèrent l'un et l'autre un soupir de soulagement. Le maître d'hôtel déclara :

— Signor Tarchinini, me permettez-vous de dire que vous y avez été un peu fort ?

— Je te le permets, Angelo mio! ma qué! Ça leur apprendra à vouloir me ficher dehors, hé ?

*
**

Toute la famille Leacok était réunie pour
le repas de midi, y compris Tarchinini vers
lequel Giulietta n'osait pas lever les yeux
de crainte de rencontrer le regard de son
père, de même que Caïn fuyait l'Œil de
l'Éternel. Sur ordre d'Elmer, Angelo s'en fut
voir ce que faisait Charity. Il revint en
annonçant que Miss Leacok ne souhaitait
pas qu'on l'attendît. Leacok senior eut un
geste de mauvaise humeur devant ce manquement aux rites. Il prononça rapidement les
grâces et, empoignant le dossier de sa chaise,
il s'apprêtait à s'asseoir, imité par les autres,
lorsque sa sœur entra. Tout de suite le drame
couva, sans que personne encore — sauf
Roméo — en prit clairement conscience.
D'une démarche hésitante, Charity gagna
sa place et s'y laissa choir en réprimant
péniblement un hoquet. Elmer, inquiet,
s'enquit :

— Êtes-vous souffrante, Charity ?

La vieille fille leva vers son frère un œil
plutôt glauque et, d'une voix que nul encore
ne lui avait entendue, Miss Leacok, anima-

trice des « Pionnières du Vieux Temps »,
terreur de la « high-society » bostonienne,
répliqua posément :

— Pourriez-vous pas vous occuper de
vos oignons, Elmer ?

Un de ses employés lui eut craché au
visage, que Leacock senior n'eut pas été
plus choqué. Brusquement, son univers entier s'effondrait. Il ne savait plus quelle attitude adopter. Quant à sa femme, elle semblait en état de catalepsie. Ceux qui avaient
conservé leur sang-froid se demandèrent si
elle respirait encore ou non. Cyrus examinait
sa tante. Giulietta doutait d'avoir bien
compris. Tarchinini prenait une parfaite
mine de faux témoin, son ignorance de
l'anglais lui permettant de se tenir en dehors
de ce qui se préparait. Seule, Patricia riait à
en mourir. Inconsciente ou insouciante de
l'émoi causé par son attitude, Charity fixait
son verre vide d'un regard atone. Les autres
n'osaient plus parler. Soudain, dans le silence
régnant autour de la table, on entendit
Miss Leacok déclarer :

— J'ai soif !

Elmer s'empressa de lui verser de l'eau, mais
Charity poussa un véritable rugissement.

— J'suis pas un poisson, frérot, pour boire de l'eau!

— Mais alors... que désirez-vous? Du coca-cola? Du jus de fruit? Du jus de tomate?

La vieille fille eut un ricanement de commisération et, assenant un coup de poing dans son assiette qui se brisa, elle beugla :

— Du Chianti!

Bien qu'il fut prononcé de façon fort étrange, Roméo comprit le mot « Chianti » et baissa le nez, en homme discret que cette aventure familiale ne regarde pas. Quant aux autres, ils demeuraient sans réaction. Seul, Elmer parvint à dire d'une voix étranglée :

— Vous... vous voulez boire du... du vin?

— Parfaitement! Je veux du vin! Pour boire à la vie! Pour boire à l'amour!

Dans le tumulte qui suivit, on n'entendit pas le léger cri d'oiseau blessé que fit entendre Margaret Leacok avant de s'évanouir sur sa chaise. Charity se leva avec peine pour affirmer :

— Elmer... vous êtes un imbécile et un prétentieux... Votre femme, une dinde... Cyrus, vous êtes un type sans scrupules et j'espère que Giulietta va divorcer pour ne pas dépérir plus longtemps dans ce tombeau, comme ce fut mon cas... Quant à vous, Patricia, je vais vous donner de l'argent pour aller poursuivre vos études en Italie... Il ne faut pas que vous ressembliez aux autres, un jour !

Au nom d'Italie, tous les yeux se tournèrent vers Tarchinini. Visiblement, on commençait à comprendre l'incompréhensible. Le premier, Elmer tendit un doigt accusateur en direction de Roméo et hurla :

— C'est vous, hein !

Le papa de Giulietta affecta de ne rien voir, mais Miss Leacok prit aussitôt sa défense.

— Elmer, je vous défends de vous en prendre à notre hôte, heureusement arrivé de Vérone pour me révéler ce qu'est la vraie vie !

L'horreur et l'incrédulité se disputaient l'esprit des Leacok sauf celui de Patricia enthousiasmée à l'idée de se rendre en Europe. Margaret revint à elle, mais lorsqu'elle eut nettement repris conscience, elle vit sa belle-sœur s'approcher avec difficulté de Tarchinini et l'embrasser goulûment. Elle s'évanouit à nouveau, alors qu'un oh! d'indignation était simultanément poussé par Elmer et son fils. Tarchinini eut préféré se trouver ailleurs et ne savait de quelle façon se comporter. Il voulut demander conseil à sa fille, mais celle-ci le fixait d'un œil si sévère qu'il ne pipa mot. Debout contre la desserte, Angelo se demandait s'il allait pouvoir maîtriser encore longtemps le fou rire le submergeant. Incapable de supporter pareil spectacle, Elmer croassa :

— Charity, vous devriez avoir honte! Pensez à ce que diraient les « Pionnières du Vieux Temps » si elles vous...

— Les Pionnières sont toutes des andouilles!

Cela dépassait les bornes de l'inconvenance. Leacok senior se leva.

— Charity!

— Elmer, foutez-moi la paix!

Le père de famille retomba sur sa chaise tandis que sa sœur annonçait :

— Je ne veux plus voir vos figures hypocrites! Je vais me marier! Et puis je fonderai un foyer! Et puis j'aurai des enfants!

Elmer pensa à tous les dollars que Charity était capable de retirer de ses affaires qu'elle risquait ainsi de couler irrémédiablement et, il fut balancé entre l'envie d'étrangler la vieille fille ou de mourir en une syncope salvatrice.

— Et puis, je serai heureuse! Et puis... Elle marqua un temps d'arrêt avant de continuer sa phrase :

— ... Vous me dégoûtez tous, tant que vous êtes!

Margaret reprit ses sens, juste pour entendre Charity proférer cette épouvantable affirmation et, derechef, s'évanouit. Miss Leacok, très digne, se dirigea vers la porte d'un pas plus qu'incertain mais, se prenant les pieds dans le tapis, s'effondra de tout son long et, sans essayer de se relever, elle s'endormit paisiblement.

Tarchinini jugea qu'il valait mieux, pour lui, ne pas rester, pour l'instant, à la portée de la famille Leacok. Sitôt le repas terminé, il appela Angelo et tous deux s'esquivèrent discrètement.

Dehors, ne sachant trop que faire, ils hésitaient lorsque Roméo déclara :

— Toutes ces petites histoires ne doivent pas nous inciter à oublier que nous avons un problème criminel à résoudre. J'aimerais bien savoir ce que devient Stève Murcy. Allons donc lui rendre visite.

Tarchinini et son interprète débouchaient dans la petite rue où Stève Murcy avait trouvé une chambre chez un couple de vieux ouvriers, lorsque Roméo, d'une main, arrêta son compagnon et l'entraîna vivement dans l'encoignure d'une entrée. Lui imposant silence d'un geste, il lui montra une silhouette féminine qui sortait de la maison abritant le libéré sous caution. A son tour, le maître d'hôtel reconnut Janet Parker. Les deux hommes la laissèrent passer, puis la suivirent d'assez loin jusqu'à ce qu'elle eut rejoint sa voiture garée à trois cents mètres de là. Lorsqu'elle fut partie, Roméo confia ses réflexions à son mentor :

— Voilà bien des précautions... Qu'est-ce que cela peut signifier à ton avis, Angelo ?

L'interpellé haussa les épaules pour bien

montrer qu'il n'avait aucune réponse valable à fournir.

Stève Murcy parut heureux de recevoir les deux hommes. Il habitait une pièce fort modeste et il dut s'asseoir sur le lit pour laisser les chaises à ses visiteurs. Encore sous le coup de la curieuse impression causée par la découverte de la démarche de Janet Parker, Tarchinini, malgré lui, ne mit pas tellement de chaleur dans ses propos.

— La police ne vous a pas tracassé depuis votre mise en liberté ?

— Non. Du moins, apparemment. J'ai donné mon adresse et je sais qu'on est déjà venu pour savoir si j'étais bien là. Sans doute ont-ils peur que je me sauve.

— Ce serait une folie que vous ne commettrez pas ?

— Sûrement pas.

— Qu'avez-vous l'intention de faire ?

— J'avoue que je n'ai pas encore réfléchi à la question.

— Le plus sage consisterait à vous remettre au travail.

— Sans doute, mais qui voudra employer un homme sous le coup d'une accusation de meurtre ?

— Des gens essaient de vous trouver un job... Vous êtes moins isolé que vous ne semblez le croire.

— Je sais et je sais aussi que c'est grâce à vous.

— Vous maintenez qu'un homme vous a abordé dans la rue en se disant le secrétaire de Jérémie Parker ?

— Oui.

— Vous le reconnaîtriez, le cas échéant ?

— Je n'en suis pas certain... Il était tard et il avait rabattu son chapeau sur son front.

— Fâcheux... Personne n'est venu vous rendre visite depuis votre installation ?

Le jeune homme hésita imperceptiblement.

— Non, personne.

En redescendant l'escalier, Roméo se demandait pourquoi Stève Murcy avait cru nécessaire de lui mentir ?

Cyrus attendait son beau-père dans la chambre de ce dernier. Tout de suite, il attaqua :

— Vous devez être fier de vous, hein ?

— Parce que ?

— Pour la scène scandaleuse qui s'est déroulée au repas. Ma mère est alitée, mon père s'est enfermé dans son bureau. Comment avez-vous vous pu commettre une chose pareille ?

— Ma qué! ce n'est quand même pas ma faute si Charity ne supporte pas le Chianti, hé ?

— Pourquoi lui en avez-vous fait boire ?

— Pour lui montrer qu'il existait autre chose que le coca-cola.

— C'est une malhonnêteté !

— Ce ne serait pas l'opinion des exportateurs des vins italiens.

— A cause de vous, ici, désormais, plus rien ne sera comme avant !

— Et vous vous en plaignez ? Mais, mon pauvre Cyrus, vous vivez dans une prison les uns et les autres ! Patricia s'en est rendu compte et, par la grâce du Chianti, Charity en a pris conscience. Où voyez-vous le mal dans tout cela ? Si votre père et votre mère buvaient du Chianti, peut-être deviendraient-ils humains ?

— Je vous interdis de...

— Ma qué! Cyrus, vous savez très bien que j'ai raison ? Souvenez-vous de l'homme que vous étiez en arrivant à Vérone?

— Là n'est pas la question...

— Au contraire, elle est là, la question! Pourquoi ne voulez-vous pas que vos parents connaissent la même transformation que vous? Qu'ils comprennent enfin que ce qui compte dans la vie, c'est d'être heureux?

— Mais ils le sont!

Roméo regarda gentiment son gendre avant de lui dire avec douceur :

— Ce n'est pas bien de mentir, Cyrus...

Le garçon parut se concentrer, lutter contre lui-même pour finir par avouer :

— Vous avez peut-être raison... Seulement, mettez-vous à ma place? Vous avez fait l'unanimité contre vous. Chacun souhaite vous voir aux cent mille diables! Carlson plus encore que tous les autres...

— Parce que je lui ai enlevé sa proie?

— Croyez-moi, beau-père, vous vous trompez. Votre bonté naturelle vous abuse lorsque vous prenez, obligatoirement, le parti du pauvre contre le riche. Murcy est coupable!

— Quel motif avait-il de tuer Parker?

— On n'a pas toujours besoin d'un motif pour tuer.

— Pas un sentimental comme Stève.

Excédé, Cyrus secoua la tête.

— Ah! vous et vos histoires d'amour!

— Curieux que ce soit moi, le vieux, qui dise sa foi dans l'amour en tant que moteur de nos actions et que vous, le jeune, vous le niiez?

— Je souhaiterais vous persuader qu'à Boston, les valeurs ne sont pas les mêmes qu'à Vérone.

— Ma qué! les hommes sont partout les mêmes!

— Je crois que, cette fois, c'est vous qui vous montrez très jeune... Quoi qu'il en soit, les gens ne comprennent pas votre attitude. Ils y voient une volonté de nuire, de discréditer notre police qui ne le mérite pas! Pourquoi avez-vous payé la caution de Murcy?

— Parce que je suis certain de son innocence.

— Ce qui me gêne, c'est que vous n'aviez pas cette grosse somme. Qui s'est substitué à vous pour fournir l'argent?

— Je ne puis révéler son nom.

— Ce mystère m'inquiète.

— Pour quelles raisons?

— Je crains que, sans vous en douter,

vous ne soyez le jouet de quelqu'un... quelqu'un qui a intérêt à ce qu'on ne découvre
pas qui a tué Jérémie Parker... et pourquoi
on l'a tué.

— Cessez de vous monter la tête, Cyrus...
Je ne vais pas trahir un secret uniquement
pour vous montrer que vous vous trompez.
A propos, j'aurai besoin d'un renseignement.
Puis-je aller, de votre part, le demander au
commissaire Norton ?

CHAPITRE V

Une fois encore le nom de son gendre lui ayant servi de sauf-conduit, Tarchinini avait obtenu de Norton le renseignement qu'il était venu lui demander. Le commissaire de police exécrait ce petit homme suffisant qui lui semblait ridicule. Parce qu'il était l'Américain moyen avec son rude bon sens et la naïve conviction que ce qui relevait de sa civilisation prédominait en tout et pour tout, Norton voyait en Roméo une sorte d'hérétique acharné à saper le dogme confortable servant de conscience aux citoyens des États Unis. Il haïssait (parce qu'il la tenait pour duperie) cette volonté proclamée du triomphe de la Justice. Comme si l'on avait besoin de vouloir faire prendre pour pensée originale ce à quoi chacun aspirait. Le policier se prenait pour un fidèle et loyal serviteur de la Loi et n'admettait pas qu'un étranger se permît de croire le contraire. Stève Murcy s'affirmait coupable du meurtre de Parker, puisque lui, Norton, pouvait fournir une explication claire, logique, normale à ce meurtre. Pour quelles raisons se perdre dans des subtilités imbéciles et ne menant à rien ? Dans l'attitude de Tarchinini, l'Américain découvrait une volonté délibérée de se donner de l'importance et de battre en brèche l'autorité que le commissaire incarnait à son échelon. Pour se calmer, le policier rêvait qu'on lui amenait l'Italien, menottes aux poignets, et qu'il lui infligeait un interrogatoire « poussé ».

Indifférent à ces contingences, qui, même s'il les eût connues, lui auraient paru peu dignes de retenir son attention, Roméo regagnait la demeure des Leacok avec Angelo. Le maître d'hôtel qui, chaque jour, pénétrait plus avant dans la familiarité du beau-père de Cyrus, risqua une question :

— Je vous demande pardon, signore,

mais à quoi rimait cette demande que vous avez adressée au commissaire ?

— A rien de précis, Angelo... J'essaie de rassembler tous les indices en espérant que l'un au moins me mettra sur la voie.

Un peu avant d'arriver chez eux, les deux hommes rencontrèrent le révérend Armbridge qui se précipita sur Tarchinini et lui secoua les mains avec enthousiasme.

— Cher Mr Tarchinini ! On m'a mis au courant du scandale que Miss Charity a suscité... C'est formidable !

Un peu surpris tout de même, l'Italien demanda timidement :

— Vous approuvez ?

— Et comment ! Grâce à vous et par un moyen que je déplore, certes — mais les sentiers de la Grâce nous étonneront toujours — Miss Charity est redevenue humaine et a eu le beau courage de faire comprendre à sa famille l'égoïsme où cette dernière se prélasse depuis toujours. Vous avez fait œuvre pie, signor Tarchinini ! Je souhaite qu'à partir d'aujourd'hui, les Leacok prennent conscience de ce qu'ils sont des hommes et des femmes semblables aux autres.

Ce fut donc dans un état d'euphorie complète que Roméo entra dans le hall de la résidence Leacock et regagna sa chambre où, sous prétexte de réfléchir, il s'endormit. S'éveillant vers le soir, une demi-heure avant le dîner, il appela Angelo pour l'aider à s'habiller' mais en vérité surtout pour bavarder avec lui, car il ne pouvait demeurer longtemps sans parler sous peine de tomber dans l'ennui. Tarchinini apprit ainsi du maître d'hôtel que Miss Charity gardait la chambre, en proie à une crise de foie et à une terrible migraine.

Au moment où Roméo se dirigeait vers le living room, Cyrus descendait en trombe de son bureau. Il s'arrêta pile devant son beau-père qu'il empoigna sans ménagement par le bras et lui cria dans la figure :

— Vous savez ce qui se passe ?

Il n'attendit pas la réponse de Roméo pour ajouter :

— On a assassiné Elaine Parker !

La nouvelle fit impression. La famille Leacock qui allait d'émotions en bouleversements perdait pied dans une actualité la dépassant nettement. Tarchinini, essayait de réfléchir à toute vitesse à un événement qu'il n'avait point prévu. Cyrus l'observait, un mauvais rictus aux lèvres. On eut dit qu'il guettait l'instant de porter une botte mortelle. Il crut sans doute la saisir alors que son beau-père écartait les bras dans un geste d'impuissance.

— Devinez qui est soupçonné de ce meurtre ignoble ?

— Stève Murcy, bien sûr... C'est une idée fixe chez vos amis de la police !

— Une idée fixe qui, cette fois, s'appuie sur des indices que seuls ceux ne voulant pas comprendre n'accepteront pas pour preuves !

Ce coup-ci, Tarchinini sentit une sueur froide lui mouiller les tempes. Il redoutait ce qu'il allait entendre. S'efforçant d'affecter un air dégagé, il interrogea son gendre :

— Et quels sont donc ces indices ?

— Stève Murcy s'est rendu chez Elaine Parker à l'heure du crime, le portier de l'immeuble en a donné une description ne laissant place à aucun doute !

— Ma qué ! si ce garçon avait l'intention de commettre un meurtre, il me semble qu'il ne se serait pas montré avec autant de complaisance, hé ?

— Tous les criminels s'en remettent à la

chance et la chance a joué contre Murcy.

— Que vous dites!

— Qu'allait-il faire chez Elaine Parker?

— Qui vous prouve qu'il s'y soit rendu? J'imagine que Mrs Parker n'était pas la seule locataire de l'immeuble, hé!

— On a relevé ses empreintes digitales sur le corps de la victime.

Tarchinini frémit. Allait-il perdre la partie? S'était-il aussi totalement trompé? Sa voix manquait de fermeté lorsqu'il déclara :

— Je suis persuadé qu'il y a une explication au comportement de Murcy... Pourquoi ne la lui demandez-vous pas?

— Pour cela, il faudrait qu'on le retrouve!

Roméo crut qu'une main glacée lui prenait le cœur à pleins doigts. Triomphant, son gendre ajoutait :

— Car votre protégé est en fuite! Vous comprenez? En fuite!

Les jambes de l'Italien se dérobèrent sous lui et il dut se raccrocher au dossier d'une banquette pour ne pas s'écrouler. Émue, Giulietta vint se placer près de lui et le prenant tendrement aux épaules :

— Ma qué! papa, tu t'es trompé de bonne foi... Tu n'as pas l'habitude des voyous de ce côté de l'Atlantique... hé? Ne te fais pas trop de mauvais sang, va...

S'il l'avait osé, Roméo eut pleuré dans les bras de sa fille. Il se savait déshonoré à ses propres yeux, ridiculisé aux yeux des autres, et c'était cela le plus pénible... Quel salaud, ce Murcy! Lui faire ça à lui! A lui qui, seul, avait pris son parti contre tous les autres! Ah! les hommes...! Maintenant, il lui fallait boire la coupe jusqu'à la lie. Penaud, il leva timidement la tête vers son gendre.

— Cyrus, si vous avez raison, si tout s'est passé ainsi que vous me l'affirmez, alors je suis un sot et je vous présente mes excuses pour toutes les erreurs commises.

Touché, Leacok tendit la main à son beau-père.

— En ce qui me concerne, c'est déjà oublié... J'étais sûr que vous iriez à l'échec en prétendant appliquer à Boston vos méthodes véronaises. Il n'y a pas trace d'amour dans ces meurtres crapuleux!

Tarchinini s'avouait prêt d'en convenir lorsqu'une voix forte, en se faisant entendre changea le cours du débat. Charity surgissait, à sa manière dans une discussion qui ne la regardait en rien. La nécessité de la traduction par Cyrus amenuisa la fougue de ses propos.

— Que se passe-t-il ici ?

En quelques mots, Leacok junior la mit au courant et lui annonça que Roméo convenait qu'il s'était peut-être trompé. Miss Charity fut superbe. Elle commença par foudroyer l'Italien du regard :

— Me serais-je abusée sur votre compte ?

Tarchinini baissa le nez pour recevoir la mercuriale se préparant.

— Allez-vous abandonner à la première difficulté ?

Le père de Giulietta crut qu'il respirait soudain plus facilement.

— Si vous avez confiance dans ce pauvre jeune homme meurtri par l'amour, qu'importent les preuves relevées contre lui ?

Le visage de Roméo s'éclaira.

— Je suis avec vous, Roméo, jusqu'au bout ! *Sursum corda!*

Changeant de ton, elle ajouta :

— Où vous êtes-vous procuré cet excellent Chianti que nous avons bu ensemble, cher ami ?

Furieux, Cyrus omit de traduire cette

dernière question et entraîna vivement son
beau-père, tout en lui confiant :

— Vous m'avez présenté des excuses que
j'ai acceptées bien volontiers, mais, maintenant, c'est aux autres que vous devez les
offrir ! A Norton et Carlson qui vous atten-
dent au poste de police !

Mais grâce à Charity, Tarchinini n'avait
plus envie de s'humilier devant qui que se
fût.

Carlson, le chef de la police, et le commissaire Norton tenaient une conférence avec
leurs adjoints lorsqu'on annonça Cyrus et
son beau-père. Les deux policiers se regardèrent avec le même sourire cruel. Non seulement ils avaient l'occasion de se venger de
cet Italien vaniteux, mais encore de rabattre
le caquet de Leacok qui se prenait un peu
trop, à leurs yeux, pour le plus intelligent, le
plus savant, le plus habile des gens s'occupant
des histoires criminelles. Ils congédièrent
leurs assistants, tenant à se réserver le spectacle dont, implicitement, ils se promettaient
de savoureuses joies. Mais si les policiers

s'attendaient à recevoir un Tarchinini honteux, gêné, l'oreille basse, ils durent être bien déçus, car Roméo se présenta le premier, le sourire aux lèvres et d'entrée, claironna :

— Alors, comment ça va ?

Cyrus dut se précipiter pour empêcher les policiers de se jeter sur son beau-père. Carlson et Norton n'avaient peut-être pas très bien compris le sens exact des mots prononcés par l'Italien, mais son air goguenard leur avait facilité la compréhension. A grand-peine, Leacok junior réussit à rétablir le calme et chacun s'assit. Le premier, Carlson, le chef de police, attaqua :

— Je suppose, Mr Tarchinini, que si vous aviez été à nos côtés et que vous ayez vu le triste spectacle de cette femme à la nuque écrasé, si vous aviez vu le désespoir de Miss Janet perdant, coup sur coup, son père et sa mère, vous n'auriez pas manqué d'être profondément affligé.

L'Italien s'inclina légèrement.

— Ma qué! je n'ai pas besoin d'avoir vu pour être très peiné et plaindre Miss Janet.

Son interlocuteur enfla la voix pour poursuivre :

— Mais si les spécialistes vous avaient

révélé qu'ils venaient de relever les empreintes de Stève Murcy sur ce cadavre, vous vous seriez repenti d'avoir arraché cette crapule à la prison, lui donnant ainsi l'occasion de poursuivre la série de ses méfaits ?

— Sans aucun doute, mais vous qui êtes un esprit subtil, Mr Carlson, tout au long de votre prestigieuse carrière, vous n'avez pas été sans remarquer, qu'à moins d'être dément, un meurtrier ne tue jamais sans motif.

— Et alors ?

— Et alors, je serais curieux de connaître les raisons qui ont poussé un homme apparemment sain d'esprit, se sachant surveillé par la police, à aller assassiner une dame qu'il n'avait probablement jamais vue, dont il ignorait l'existence ?

— S'il en ignorait l'existence, pourquoi se trouvait-il chez elle ?

— Un problème à résoudre, Mr Carlson.

— Je le résoudrai facilement lorsque j'aurai mis la main sur Stève Murcy !

— Je n'en doute pas... Voyez-vous, Mr Carlson, en Italie où l'on nous accuse de ne nous préoccuper que du côté extérieur des choses, nous nous efforçons, en matière de poursuites criminelles, d'aller plus loin que les apparences. Tant que nous n'avons pas découvert le motif d'un meurtre, le meurtrier ne nous intéresse guère. Cela évite bien des erreurs... du genre de celle que vous vous apprêtez à commettre au détriment de Stève Murcy.

Les veines temporales de Carlson gonflèrent sous l'effet d'une subite pression.

— Mr Tarchinini, vos compatriotes ont le droit d'exercer leur métier comme ils l'entendent et je pense qu'ils ne supporteraient pas qu'un étranger se permit de venir leur donner des leçons.

L'Italien s'inclina, souriant.

— Je crois comprendre l'allusion.

— Je n'en doute pas. Je vous souhaite un bon voyage de retour, Mr Tarchinini.

On se sépara plus que froidement. Mais à l'étonnement de Leacok, son beau-père ne paraissait pas affecté par la réaction des policiers bostoniens.

Dès qu'ils eurent réintégré la demeure des Leacok, Cyrus entraîna Roméo dans son bureau pour lui demander ses intentions.

— Ma qué! elles n'ont pas changé! Découvrir le meurtrier de Parker.

— Voyons! c'est folie que de vous entêter!

— Il n'y a jamais folie à vouloir faire triompher la justice.

Cyrus secoua la tête.

— Votre obstination me déconcerte. Mais pourquoi cet acharnement à défendre celui que tout accuse ?

— Parce que je le crois innocent. N'est-ce pas suffisant ?

— Enfin, à moi, vous pouvez bien dire sur quoi se base votre conviction ?

— Toujours la même chose : le mobile. Stève Murcy n'avait aucune raison de tuer Elaine Parker. Donc, il ne l'a pas fait.

— A moins qu'il n'y ait eu un intérêt que, pour l'heure, nous ignorons ?

— Si nous l'ignorons, c'est peut-être bien parce qu'il n'existe pas ?

Leacok resta un moment silencieux, puis :

— Je n'ai pas plus que vous confiance dans les qualités professionnelles de Carlson et de Norton qui sont davantage des politiciens que des hommes de métier. Je ne tiens pas spécialement à leur mâcher la besogne. Par exemple, il y a un fait qu'ils semblent avoir oublié...

Tarchinini n'ignorait pas les remarquables

qualités de son gendre et il ressentit une inquiétude légère.

— Que voulez-vous dire ?

— En dehors de vous, il y a quelqu'un qui protège Murcy.

— Vraiment ? Je serais curieux d'apprendre...

Cyrus fixa son beau-père dans les yeux et répondit :

— La personne qui, par votre intermédiaire, a payé la caution de Stève Murcy.

— Mais...

— Qui a payé cette caution ?

— Je ne puis...

— Je vous donne ma parole que je n'userai pas de votre confidence, à moins que vous m'y autorisiez ?

Roméo hésita un instant avant de se décider.

— Bon... Je n'ai aucune raison de mettre votre parole en doute. Il s'agit de Janet Parker.

— Quoi ?

— Janet Parker.

— Elle a payé pour qu'on libère le meurtrier de son père ?

— Celui qu'on s'obstine, sans preuve, à qualifier ainsi.

— Et c'est vous, naturellement, qui l'avez convaincue de payer ?

Tarchinini prit un air modeste.

— Naturellement.

Il y eut un silence prolongé durant lequel Leacok digérait difficilement l'incroyable nouvelle. D'une voix lente et presque sourde, il s'enquit :

— Si vous n'étiez pas le père de Giulietta..

— Mais je le suis.

— Oui... Avez-vous pensé une seconde que Janet avait pu se jouer de votre magnifique certitude d'être le plus fort, le plus intelligent, le plus subtil, le plus malin ?

L'Italien s'épanouit :

— Comme vous me connaissez bien, cher Cyrus !

— ... et vous faire faire exactement ce qu'elle voulait que vous fissiez ?

— Je ne saisis pas très bien ?

— Elaine Parker était le seul obstacle entre la fortune de Parker et Janet.

— Vous n'oseriez quand même pas...!

— Oh! si, j'ose! Dois-je vous rappeler que dans notre profession, nous ne devons nourrir aucune idée préconçue? Que nous sommes obligés d'envisager toutes les hypothèses?

— D'accord, mais...

— Alors, imaginons que ce très curieux accident de voiture où, de votre propre aveu, Janet Parker s'est littéralement jetée sur la voiture de Murcy, elle l'ait provoqué? Qu'elle l'ait machiné? Commbiné d'avance?

— C'est du roman!

— Les crimes sont toujours des romans! Janet — n'étant pas du tout la fille que nous nous figurons — en est peut-être venue à haïr son père qui, en se remariant, la privait d'une fortune à laquelle elle estimait avoir légitimement droit... car elle pouvait penser que Parker laisserait tout à sa femme, la seconde.

— La disparition de son père ne résolvait pas le problème, puisque la veuve était là?

— Elle serait sans doute morte à la place d'Elaine Parker, hier soir.

— J'ai rencontré bien des monstres au cours de ma carrière, mais jamais aucun qui égalerait Janet Parker telle que vous la dépeignez!

— Argument sentimental qui ne vaut

rien. J'ajoute que cette hypothèse, vous déplaisant si fort, justifierait votre théorie.

— Ma théorie ? Quelle théorie ?

— Qu'il y a toujours une histoire d'amour à la base des crimes mêmes les plus ignobles.

— Parce que vous admettez que...

— ... Que Janet Parker et Stève Murcy s'aiment.

Leacok se leva.

— Regagnez votre chambre, beau-père, réfléchissez à ce que je viens de vous dire et demain matin vous déciderez si vous devez ou non parler de Janet aux policiers.

Cette nuit-là, Tarchinini ne parvint pas à trouver le sommeil. Se tournant et se retournant dans son lit, il ne cessait de penser à ce que lui avait exposé son gendre. Certes, il n'ignorait pas que dès le premier instant Cyrus avait été persuadé de la culpabilité de Murcy, mais il devait reconnaître que son argumentation n'était pas à négliger, loin de là. Au fond, il ne savait rien de cette Janet Parker jouant les jeunes filles roman-

tiques toujours prêtes à prendre fait et cause
pour l'innocence malheureuse, mais si —
comme le supposait Leacok — elle s'était
jouée de lui ; de lui, Roméo Tarchinini ?
Cette idée torturait le père de Giulietta
plus encore que la possibilité d'une erreur
de sa part. Il est vrai que l'accident s'était
produit dans des circonstances bizarres. Il
est vrai que Janet n'avait pas caché son
aversion à l'égard de sa belle-mère trop
prodigue des derniers familiaux. Mais d'ici
à admettre qu'elle avait calmement mani-
gancé le meurtre de son père et de sa mère, il
y avait une marge ! Par tempérament, Roméo
répugnait à envisager les événements sous
l'angle le plus ignoble. Il semblait qu'à Boston, on se montrait moins sensible. Dans cette
féroce lutte pour la possession de la richesse
qui paraissait caractériser les citoyens
des États-Unis, il fallait donc admettre que
tous les moyens étaient bons. A Vérone, il
arrivait, bien sûr, que des enfants dénaturés
ou des parents indignes s'entretuassent,
mais toujours sous le coup de la passion, non
avec cette effroyable lucidité qui épouvantait le Véronais.

Désespérant de dormir, Tarchinini enfila

sa robe de chambre, jeta un coup d'œil à sa montre qui marquait deux heures du matin et descendit dans le parc pour y respirer l'air nocturne susceptible — du moins l'espérait-il — de le détendre et de lui permettre de se reposer. Il sortit silencieusement et, dehors, retrouva presque tout de suite son équilibre comme si d'avoir échappé à la maison, le débarrassait des sinistres élucubrations de son gendre.

Tout en marchant lentement dans les allées, Roméo dressait une sorte de bilan récapitulatif. Janet pouvait être coupable pour les raisons énumérées par Cyrus. Stève pouvait être le meurtrier par amour pour Janet ou pour un joli paquet de dollars s'il n'était pas l'homme que l'Italien avait cru. Mais il s'affirmait possible qu'un autre ait songé que Janet, accusée de meurtre, perdrait tout droit à l'héritage, dont cette personne — la jolie veuve en l'occurrence — s'indignait d'avoir été dépouillée. Pourquoi ne serait-ce pas elle que aurait pris Murcy à son service ? Complètement ragaillardi par cette hypothèse qu'il adoptait d'emblée, non pas avec joie car elle impliquait son erreur quant à Murcy, mais avec soulagement

puisqu'elle innocentait Janet, Roméo décida
de regagner sa chambre.

Devant sa porte, le père de Giulietta eut
la surprise de rencontrer Patricia Leacok
qui, dans sa longue robe de nuit, une liseuse
sur les épaules, l'attendait. Dès qu'elle le vit,
elle entama un discours rapide et chuchoté,
auquel l'Italien ne comprit rien. Désespérant d'être entendue, la jeune fille prit Tarchinini par la main et l'entraîna à sa suite,
tout en posant un doigt sur ses lèvres pour
lui recommander le silence. Intrigué, pas
tellement rassuré, Roméo la suivit jusqu'à
la chambre de Miss Charity où Patricia lui
fit signe d'écouter. Pour lui obéir, il prêta
l'oreille. Pas d'erreur, il y avait quelqu'un
chez la vieille demoiselle, quelqu'un avec
qui elle s'entretenait familièrement s'il en
devait juger par le ton. Au fond, l'histoire
ne regardait en rien Roméo et pourtant tout
lui paraissait si insolite qu'il passa outre les
règles de la bienséance et décida de voir ce
qu'il se passait chez la présidente des « Pionnières du Vieux Temps ». Mais la présence de
Patricia le gênait beaucoup, car il ignorait
ce qu'il allait découvrir derrière la porte de
Charity. Par une mimique savante, il réussit

à convaincre la jeune fille de retourner chez elle, lui assurant — toujours par gestes — qu'il se chargeait de tout. Débarrassé de la petite belle-sœur de sa fille, Roméo s'en fut réveiller Angelo qui ne parut pas autrement ravi de cette intrusion dans sa retraite. L'œil qu'il fixait sur son visiteur n'était rien moins que compréhensif.

— Ma qué! signor Tarchinini, il est deux heures et demie!

— Angelo, ne t'occupe pas de ces contingences!

En se renfonçant sous ses draps, le maître d'hôtel laissa clairement entendre qu'il se préoccupait, au contraire, beaucoup de ces contingences. Roméo s'en indigna.

— Alors, quoi, Angelo?

— Signore, j'ai sommeil... Vous voudrez bien me pardonner mais à cette heure-ci j'ai pour habitude de dormir et c'est une trop vieille habitude pour que j'en change subitement.

Tarchinini ne se laissa pas abattre pour autant. Empoignant le dormeur par l'épaule, il le secoua.

— Tu oses dormir, Angelo, quand l'honneur de la famille que tu sers est en jeu?

Le maître d'hôtel eut la courtoisie de feindre l'intérêt.

— L'honneur des Leacok ? On ne me l'a pas donné à garder ?

— Il y a un homme dans la chambre de Charity !

Angelo bondit littéralement et se retrouva assis, complètement éveillé. Incrédule, il répéta :

— Un homme dans la chambre de Miss Charity ?

— Bien qu'il étouffât sa voix, je l'ai entendu !

— Ça, alors... Elle est devenue folle ou quoi ?

— Là n'est pas la question ! Nous devons la préserver du scandale. Allons la débarrasser de cet intrus !

Mal décidé encore à se lever, le maître d'hôtel remarqua avec raison :

— Ce type n'est pas rentré de force chez Miss Charity, hé ? Dans ce cas, nous n'avons pas à nous en mêler.

— Angelo, comprends-moi... Après cette histoire de Chianti, je serais plutôt mal vu dans la maison... Si, par-dessus le marché, on découvre que Charity se dévergonde, on me rendra responsable et l'on risque de me ficher à la porte. Non, Angelo, crois-moi : je dois à l'hospitalité des Leacock de sauvegarder leur honneur et je compte sur toi, mon compatriote, pour m'aider.

Visiblement, le maître d'hôtel, plus sensible au rappel d'une patrie perdue qu'au souci de l'honneur de ses patrons, se leva pour de bon et enfila sa robe de chambre.

— Je vous suis, signore.

Étouffant le bruit de leurs pas, les deux hommes retournèrent devant la chambre de Charity et, avant de se décider à une action directe, ils écoutèrent. Pas d'erreur possible : Miss Leacock s'entretenait avec un homme. Conversation entremêlée de soupirs, de rires discrets dont les échos gênèrent beaucoup les curieux. Tarchinini résuma leur commune opinion :

— Ma qué! ce n'est pas possible!

Le père de Giulietta hésita une seconde, puis frappa. Aussitôt, le silence s'établit de l'autre côté de la porte. l'Italien frappa derechef. Le silence dura quelques instants encore avant qu'on ne perçoive une approche feutrée. D'une voix sourde, Charity s'enquit :

— Qu'est-ce que c'est ?

— Tarchinini.

Une exclamation sourde, le bruit de la
clé tournant dans la serrure, la porte qui
s'entrouve et le visage enluminé de Miss
Leacok dans l'entrebâillement.

— Mr Tarchinini !

La vieille demoiselle introduisit son visiteur, mais eut un hoquet de surprise en voyant
Angelo se glisser à la suite de Roméo, dans
sa chambre.

— Qu'est-ce que vous venez faire ici,
vous ?

— L'interprète, Miss.

La porte refermée, Tarchinini jeta un
rapide coup d'œil autour de lui. Pas trace
de présence étrangère. A moins d'admettre
que Miss Leacok parlait seule, le visiteur
s'était dissimulé quelque part. Roméo prit
l'air grave d'un père noble surprenant un
galant auprès de sa fille, la nuit.

— Miss, excusez, je vous prie, mon intrusion, mais votre nièce est venue m'annoncer
qu'il y avait quelqu'un chez vous... J'ai eu
toutes les peines du monde à la dissuader
de se rendre compte par elle-même de la
vérité de cette assertion. J'ai cru de mon

devoir d'hôte de vous mettre en garde contre un scandale qui...

— Quel scandale ?

Déconcerté, Roméo flotta un peu.

— Mais... un homme... à cette heure...

La demoiselle minauda :

— Je suis majeure, vous savez ?

— Je n'en doute pas, mais... pensez aux « Pionnières du Vieux Temps »? Si elles apprenaient...

— Les Pionnières ? Si vous saviez ce que je m'en fous ! Car j'ai du cœur, moi, Mr Tarchinini ! Je m'en suis aperçue à cause de vous ! Je ne l'oublierai jamais !

Dans un mouvement d'une charmante spontanéité, Charity plaqua deux baisers sonores sur les joues de Roméo, à la grande joie d'Angelo.

— Et comment se comporte celle dont le cœur saigne des souffrances des autres ? Quelle est sa réaction lorsque le pigeon blessé vient toquer à sa fenêtre, en quête d'un abri contre la tempête ? Celle qui croit à l'amour peut-elle demeurer insensible à l'amour malheureux ?

Tarchinini regarda le maître d'hôtel aussi éberlué que lui. Le même doute leur traver-

sait l'esprit : Charity perdrait-elle la raison ?
Pourtant, il y avait cette voix d'homme...
Roméo essaya de reprendre les choses en
main.

— Évidemment, Miss, évidemment, mais...
cet homme ?

— Il est là.

Du doigt, la vieille demoiselle montrait
le dessous de son lit.

— Sortez, darling... Ce sont des amis.

En rampant, Stève Murcy émergea aux
pieds des visiteurs, qui, la respiration coupée,
n'arrivaient pas à croire à ce qu'ils voyaient.
Le père de Giulietta balbutia :

— Murcy...!

Toujours à plat ventre, Murcy releva la
tête.

— Je suis heureux de vous retrouver,
Mr Tarchinini.

Brusquement, Roméo fut pris d'un fou
rire inextinguible à la pensée que le fugitif
recherché par toutes les polices de Boston,
celui que l'on attendait aux frontières, sur
les ports, dans les gares, aux aéroports, se
cachait chez Cyrus W. Leacok! Si ce dernier l'apprenait, il était capable de mourir
d'un infarctus. Une fois calmé, Tarchinini

redevint le policier véronais aux prises avec un difficile problème.

— Comment êtes-vous ici, Murcy ?

— Je cherchais à vous joindre... Vous m'aviez déjà sauvé une fois... Je n'avais d'espoir qu'en vous... Je me suis glissé dans le parc et je me suis caché, en attendant la nuit. Miss Leacok m'a découvert, mais quand elle a su qui j'étais, au lieu d'ameuter les domestiques, elle m'a fait venir dans sa chambre... en m'affirmant que personne n'aurait l'idée de me chercher là.

— Sans aucun doute, mais vous rendez-vous compte dans quelle situation vous l'auriez mise si l'on vous avait surpris chez elle ?

— Je ne voulais pas, mais elle a insisté...

Fougueuse, Charity intervint :

— C'était mon devoir, Mr Tarchinini.

— Stève... avez-vous tué Elaine Parker ?

— Bien sûr que non! Je ne la connais même pas! Je ne l'ai jamais vue vivante!

— Bon... Asseyons-nous.

Les uns prirent place sur le lit, d'autres sur les sièges et Angelo commençait à se persuader, vu le travail de traduction qu'on lui imposait sans reprendre haleine, qu'il avait raté sa vocation.

— Et maintenant, Murcy, dites-nous exactement ce qui est arrivé ?

— J'étais chez moi... On m'a téléphoné pour me dire de me rendre à l'adresse de Mrs Parker qui, ayant appris le méchant tour que son ex-mari avait voulu me jouer, désirait — maintenant qu'elle était riche — réparer dans la mesure du possible la faute de son ancien époux. Elle croyait avoir une situation inréressante à me proposer. J'y suis allé. J'ai sonné, on ne m'a pas répondu. La porte n'était pas fermée, seulement poussée. Je suis entré en demandant s'il y avait quelqu'un. Du vestibule, j'ai vu une femme allongée sur le tapis du salon. J'ai cru à un malaise. Je me suis précipité. Je lui ai relevé la tête. Sa nuque était en bouillie. Je n'ai dès lors plus pensé qu'à fuir... C'est tout.

— Vous avez bien fait, car aucun policier ne vous aurait cru. En tout cas, vous êtes recherché pour meurtre au premier degré.

— Autrement dit, je suis fichu.

— Mettons que vous soyez dans de sales draps, mon garçon. Cependant tant que vous n'êtes pas entre leurs mains, il reste une chance. En admettant, bien sûr, que vous ayez été sincère.

— Je vous jure que c'est la vérité. Pourquoi aurais-je assassiné cette malheureuse ?

— Qui vous a prié de vous rendre chez Mrs Parker ?

— Elle ne m'a pas donné son nom... Elle a simplement dit : « Allô, Murcy ? »

— Et vous êtes parti sur un coup de téléphone anonyme ? Un peu fort, hé ? Vous êtes décidément d'une candeur désespérante ! On vous fait deux fois le même coup et, par deux fois, vous marchez !

— J'étais tellement sûr de l'identité de la personne qui me parlait...

— Qui ?

Stève hésita.

— Ma qué ! ce n'est pas le moment de jouer les héros ! Qui vous a téléphoné ?

— Janet Parker.

Il avait été convenu que le maître d'hôtel cacherait Murcy dans un coin du grenier de la maison où personne n'avait la moindre raison d'aller et chacun avait regagné sa chambre. Mais si les autres parvenaient à trouver le sommeil ou à reprendre un somme interrompu, il n'en était pas de même pour Tarchinini. Ainsi, l'abominable hypothèse de Cyrus prenait corps... et plus ignoble encore puisqu'il fallait maintenant envisager que Janet — si Murcy disait la vérité et Roméo le croyait sincère — avait tué sa propre mère de ses mains. Le père de Giulietta se sentait déprimé. Un pareil bourbier l'écœurait. Il n'y était plus lui-même. En face d'une aussi sordide réalité, son imagination tarissait. Et puis, sa vieille théorie de l'histoire d'amour à la base de tous les crimes, s'affirmait battue en brèche et cela l'amenait à douter de lui-même, ce qu'il détestait.

Roméo s'endormit au petit matin d'un sommeil fiévreux traversé de cauchemars. Il s'éveilla vers onze heures, la tête lourde, la bouche amère. Le temps lui durait de regagner Vérone, de retrouver la mama et les bambini dont la présence réconfortante lui manquait terriblement. Sa fille, engluée dans sa famille américaine, n'était plus sa Giulietta d'autrefois. Peut-être la redeviendrait-elle lorsqu'elle serait de nouveau sur sa terre natale.

Tout en procédant à sa toilette, Tarchinini

décidait de renoncer. Que ces Américains se débrouillent entre eux... Il ne comprenait rien à leur comportement. Charity s'occuperait sûrement de Stève si toutefois la police le laissait tranquille. Mais Roméo savait très bien que ni Carlson ni Norton ne renonceraient à leur proie. Pour eux, Murcy s'affirmait l'assassin parfait dont la condamnation satisferait l'opinion publique. Alors, Roméo avait-il le droit d'abandonner ce garçon à l'innocence duquel il persistait à croire ? Il n'avait point tranché ce débat intérieur lorsque le téléphone sonna. Son gendre l'appelait et le priait de passer le voir, car il y avait du nouveau dans l'affaire Parker. Tout en finissant de s'habiller, Tarchinini se disait que si ce « nouveau » annoncé par son gendre se révélait grave, on ne pourrait tout de même pas accuser Stève Murcy, cette fois, mais le cas échéant, il faudrait révéler à Cyrus l'étrange retraite du fugitif. Cette perspective emplissait le Véronais d'une assez méchante satisfaction.

— Beau-père, je crains fort que vous ne puissiez garder plus longtemps le secret en ce qui concerne le paiement de la caution de Murcy par Janet Parker.

Tarchinini plastronna, selon son habitude, mais au fond une sourde inquiétude le rongeait depuis la révélation nocturne de Stève, une inquiétude prête à se transformer en panique.

— Et pour quelles raisons ?

— On a arrêté Manuel, le masseur de Parker, que Carol avait mis à la porte, sitôt après la mort de son mari.

— Tiens, tiens ! Pourquoi cette arrestation ?

— Il s'est présenté ce matin chez les Parker et a essayé de tuer son ex-patronne qui en est heureusement quitte pour une estafilade au bras. Tant était grande la fureur démentielle de Manuel qu'il n'a pas attendu que la femme de chambre soit sortie pour se précipiter sur la jeune veuve. La domestique s'est alors jetée sur lui en criant. Elle a sauvé ainsi la vie de sa maîtresse et attiré le reste du personnel qui réussit à désarmer le forcené.

— Je ne vois pas en quoi cette agression met en cause Janet ?

— Vous allez comprendre. Transféré au

poste de police, Manuel n'a fait aucune difficulté pour reconnaître qu'il avait voulu, en tuant Mrs Carol Parker, non pas se venger, mais venger Janet.

— Je ne comprends pas ?

— Patience, beau-père... Manuel ayant appris le meurtre d'Elaine Parker s'est dit persuadé de la complicité indirecte de Carol. Il estime que c'est pour son compte qu'a travaillé Murcy.

— Mais dans quel but ?

— Pour donner à croire que Janet est l'auteur des crimes, en vue d'hériter seule de la fortune paternelle. En agissant de la sorte — et comme il arrive souvent, je ne vous l'apprendrai pas — Manuel a enfoncé celle qu'il entendait protéger, car les policiers ont tout à coup réalisé ce que je vous proposais hier soir, à savoir que Janet pouvait, en effet, être la coupable.

— Qu'est-ce que son geste va coûter à Manuel ?

— Tout dépend de l'attitude de sa victime. Quelques mois si elle ne poursuit pas, quelques années dans le cas contraire. Ah ! il peut se vanter d'avoir créé un beau gâchis..

— Dites qu'il s'est conduit comme un

idiot. Je suis déçu. Lors de notre entretien,
il ne m'avait pas paru sot.

— Que décidez-vous en ce qui concerne
Janet ?

— Pour l'instant, rien encore.

— Mais vous ne pouvez...

Roméo interrompit sèchement son gendre.

— Ma qué! je ne tiens pas à enfoncer
complètement cette petite, hé ? Aller maintenant confier aux policiers qu'elle m'a
donné l'argent pour faire libérer Murcy,
serait la condamner sans appel dans l'esprit
de vos Carlson et autre Norton!

— Si elle est coupable ?

— Bien sûr, mais l'est-elle ?

— Je voudrais en douter, je vous le jure.

***

Suivi du fidèle Angelo, Tarchinini se
rendit chez les Parker où on lui apprit que
Miss Janet ne recevait pas. Il n'en montra
nul dépit et demanda à voir Mrs Parker qui
accepta de le recevoir.

La jeune veuve était plus jolie que jamais
dans ses vêtements de deuil fort élégants
et qui lui donnaient une distinction dont

elle manquait quelque peu au naturel. Au
bras, elle portait un pansement volumineux
lui permettant de prendre des airs alanguis.
Roméo l'assura qu'ayant appris l'attentat
dont elle avait été victime et se trouvant
dans la maison pour s'entretenir avec Miss
Janet qui consignait malheureusement sa
porte, il s'était permis d'en profiter pour
prendre des nouvelles de la blessée. La veuve
se montra touchée de cette attention et en
remercia vivement l'Italien qui — ainsi
qu'il en avait l'habitude chaque fois qu'il
s'entretenait avec une femme sympathique,
séduisante — se mit à faire la roue.
Mrs Parker semblait s'amuser beaucoup des
mines de Roméo. Elle raconta par le menu
la tentative de meurtre dont elle avait
failli mourir sans la présence d'Augusta et
Tarchinini ponctua son récit de soupirs,
d'exclamations et de gémissenents. Quand
la dolente veuve eut terminé, le Véronais
s'écria :

— Per la Madona ! Pourquoi s'en prendre
à une gentille personne comme vous ?

— Manuel me haïssait.

— Dio mio ! Est-ce possible qu'il existe
quelqu'un pouvant ne pas vous aimer ?

Angelo n'y comprenant plus rien se demandait si Tarchinini ne perdait pas la tête. Carol roucoula pour dire :

— Manuel ne cessait de me desservir auprès de mon mari. Il lui chuchotait les pires horreurs sur mon compte, en termes voilés, bien sûr, car Jérémie n'eut pas supporté... qu'il s'exprimât en termes précis.

— Ma qué! Pourquoi agissait-il de la sorte, hé ?

— Parce qu'il était fou de Janet et s'imaginait que j'allais ruiner sa bien-aimée.

— Il doit être rassuré puisque, désormais, Miss Janet hérite de la fortune de son père. Alors, pour quelles raisons cet attentat tardif ?

Carol haussa ses charmantes épaules.

— Comment voulez-vous que je le sache ? Un furieux ne raisonne pas et par mes soins il avait perdu une place dont il ne peut retrouver l'équivalent.

— Mrs Parker, je suis très heureux d'avoir pu bavarder avec vous. Grâce à vous, sur le moment de reprendre l'avion pour na chère Italie, j'emporterai un merveilleux souvenir des Américaines qui, jusqu ici, je dois le confesser, ne m'avaient pas emballé.

— Vous quittez les États-Unis ?

— Oui, ma mission accomplie, il me faut rejoindre mon poste à Vérone.

— Votre mission ?

— Découvrir l'assassin de votre mari et de l'ex-Mrs Parker.

Angelo n'en revenait pas. Ainsi ce diable d'homme avait résolu le problème sans lui en toucher un mot ? Une pareille dissimulation scandalisait le maître d'hôtel.

— Qui est-ce, Mr Tarchinini ?

— Permettez-moi de ne pas vous le dire encore. Je dois réserver la primeur de mes découvertes à la police, mais je puis vous assurer qu'il ne s'agit pas de Stève Murcy. L'enquête s'est fourvoyée dès le début.

— Dites-moi au moins si Janet...

— Rassurez-vous, Janet Parker est, pour moi, tout à fait en dehors de cette histoire, à moins que je ne me sois grossièrement trompé, ce qui ne m'est encore jamais arrivé.

Mrs Parker remercia Tarchinini de telle façon que le père de Giulietta prit presque cela pour une déclaration d'amour. Il en fut ému aux larmes et couvrit la main qu'on lui tendait de baisers fougueux.

Dans le hall, Roméo et son compagnon croisèrent une accorte femme de chambre qui leur sourit au passage. Il n'en fallait pas plus pour l'enflammable Italien.

— Miss Augusta ?

— Oui.

— Mrs Parker m'a raconté le dévouement dont vous avez fait preuve à son égard en vous précipitant sur Manuel. Vous lui avez sans doute sauvé la vie. Permettez-moi de vous en féliciter.

La petite rougit, confuse, ravie et, naturellement, se crut obligée de fournir des esplications :

— Si j'avais eu des réflexes plus prompts, j'aurais pu éviter à Madame d'être blessée. Mais comment supposer que Manuel voudrait tuer Madame ?

— Mon enfant, plus tard vous comprendrez que la passion n'a rien à voir avec la logique.

Augusta parut surprise.

— Parce que Monsieur est au courant ?

— Bien sûr.

— Je croyais que personne ne s'en doutait.

— Pourtant, vous le saviez ?

— Oh! moi, c'était obligé.

— Et vous n'avez pas été... choquée ?

— Si, mais... je ne suis qu'une femme de chambre et puis avec ses antécédents... En tout cas, tout s'est terminé avec la mort de Monsieur.

— Ils ne se voient plus, vous en êtes convaincue ?

— Tout à fait.

***

Traversant le magnifique parc de la résidence Parker, Angelo ne put se tenir de récriminer :

— Signor Tarchinini, je croyais avoir droit à votre confiance!

— Ma qué! tu l'as, Angelo! Tu l'as!

— Je l'ai ? Et vous avez découvert le meurtrier et vous ne m'en avez rien dit!

— Je vais te confier une bonne chose, parce que tu es mon compatriote : je n'en sais pas plus aujourd'hui qu'hier, sinon que Janet me paraît de plus en plus en perdition, surtout que je me rappelle maintenant sa visite clandestine chez Murcy...

— Mais vous avez affirmé à Mrs Parker...

— Ça, c'est ma faiblesse, Angelo. Dès que je suis en présence d'une jolie femme j'extravague et je raconterai n'importe quoi pour qu'elle me trouve de l'intêrét et, ma foi, je crois bien que c'est ce que j'ai fait.

— En somme, si je puis me permettre, signore vous avez menti?

Roméo s'arrêta pour donner plus de poids à ses propos.

— Angelo, tu me navres... tu parles comme un Américain! ma qué! Tu n'ignores pas que chez nous on ne ment jamais! On se contente d'enjoliver la vérité, hé? Et la vérité telle qu'elle commence à s'imposer m'a l'air d'avoir bien besoin d'être enjolivée, hé?

— Une fille qui assassine ses parents pour de l'argent... De quoi vous dégoûter d'avoir des enfants, si vous voulez mon avis, Signore.

— Et un pauvre cornichon de Mexicain qui a failli monter sur la chaise électrique parce qu'il la voit avec les yeux dont nous ne pouvons plus la voir.

— Sans compter Stève Murcy qui s'est

bien laissé prendre au piège, lui aussi.

— Je croyais m'y connaître en femmes, Angelo, et je dois avouer que je suis demeuré un naïf. Il suffit qu'elles aient l'air pur, qu'elles possèdent un regard limpide pour que je leur accorde ma confiance.

— Ce qui m'étonne, c'est que le père ait supporté ça... Il est vrai que d'après ce que nous a confié Augusta, la petite n'en était pas à son coup d'essai.

— Qu'est-ce que tu dis?

— Eh bien! vous vous rappelez Augusta : et puis avec ses antécédents...

Tarchinini poussa un cri :

— Angelo?

— Signore?

— Angelo, tu es un type formidable!

— Pourquoi?

— Parce que, grâce à toi, je pense avoir tout compris!

Roméo avait clamé cette affirmation avec tant de force qu'un jardinier en train de nettoyer un massif de fleurs, se redressa, croyant que les deux hommes s'apprêtaient à en venir aux mains. Quand ils s'éloignèrent il haussa les épaules et se promit de raconter la chose à l'office.

*
* *

Le repas de midi déroulait ses| fastes
sévères dans un silence presque continu.
Charity pensait à Murcy dans le grenier.
Leacok pensait à Janet Parker. Tarchinini
pensait au meurtre de Parker. Giulietta
pensait que l'air pris par son papa laissait
supposer une nouvelle incartade dont elle
s'épouvantait à l'avance et ce, d'autant plus
que l'auteur de ces jours, de temps à autre,
lui adressait un clin d'œil complice. Margaret
Leacok ne pensait à rien selon son habitude.
Elmer B. Leacok pensait à ses affaires qui,
pour l'heure, n'allaient pas tellement bien.
Patricia mourait de curiosité quant à l'identité du visiteur nocturne de sa tante.

On venait de servir un jambon de Virginie
avec des patates douces cuites au four et
couvertes de sirop. Peu inspiré par ce mets
si différent de ce qu'il avait l'habitude de
manger à Vérone, Roméo repoussa légèrement son assiette et, sûr d'être entendu,
avec des interprètes comme sa fille et Cyrus,
déclara :

— Je sais où se cache Stève Murcy.

CHAPITRE VI

L'ange annonciateur de la vallée de Josaphat serait apparu dans la salle à manger des Leacok pour leur dire de se préparer à entendre les trompettes du Jugement Dernier, que la famille n'eût pas été davantage paralysée par la stupeur. La première, Charity retrouva son self-contrôle pour hurler à l'adresse de l'Italien une injure que nul ne la soupçonnait de connaître. Margaret Leacok poussa un petit cri d'oiseau blessé et faillit s'évanouir, mais un coup d'œil sévère de son mari, l'obligea à se cramponner à la réalité. Blême, d'une voix tremblante de colère, Cyrus demanda :

— Dois-je comprendre que mon beau-père a sciemment contrecarré l'action de la justice, en cachant un homme recherché pour meurtre?

— Ma qué! ce n'est pas moi!

— Et qui donc!

— Vous.

— Vous êtes fou?

Giulietta traduisait à toute vitesse pour ses parents ne comprenant point l'italien.

— Hé non! je ne suis pas fou, puisque Murcy a trouvé un refuge dans votre propre maison.

— Il... il est ici?

— Oui.

Elmer Leacok poussa un rugissement.

— Scandaleux! Vous avez abusé de mon hospitalité. Tarchinini! Vous avez agi, sous mon toit, contre les lois de mon pays! Je vous livrerai à la police!

Ce fut au tour de Cyrus de traduire, alors que Roméo protestait, toujours souriant :

— Erreur, erreur, cher ami! Je ne suis pour rien dans l'intrusion de Stève Murcy dans votre demeure.

— Mais qui, dans ce cas?

Charity entra dans la bataille, pavillon haut :

— Moi.

Ce coup-là, Margaret, en dépit de toute sa bonne volonté, ne put s'empêcher de glisser dans un évanouissement auquel nul ne prit garde. Elmer regarda ses commensaux comme s'il voulait s'assurer qu'il ne rêvait pas.

— Je pense que vous feriez bien de vous expliquer, Charity !

Et Charity s'expliqua. Quant elle eut terminé, Margaret Leacok revenait tout juste à elle. Elmer, incrédule, s'enquit :

— Vous voulez dire que vous avez introduit cet homme, ce criminel, dans votre chambre et qu'il a passé, avec vous, une partie de la nuit ?

— Oui.

Margaret s'évanouit de nouveau, mais on était trop passionné par le débat pour se soucier de ses faiblesses physiologiques.

— Charity, vous rendez-vous compte que vous vous êtes déshonorée ?

— N'exagérez pas, Elmer... A mon âge, c'est difficilement pensable.

— Et vous osez prendre ce crime avec le sourire ?

— Mon petit Elmer, vous commencez à

m'ennuyer sérieusement. Vous ne devriez pas oublier qui je suis et... quels sont mes revenus, n'est-ce pas ? J'en ai assez de votre existence de termite! Angelo!

Le maître d'hôtel accourut.

— Miss ?

— Allez me chercher ma bouteille de Chianti, j'ai trop bu d'eau et de boissons gazeuses au cours de ma vie! Stève Murcy est caché dans le grenier et si vous l'en délogez, Elmer, et vous, Cyrus, je vous jure que je déclenche un scandale dont on parlera jusqu'à New York! Quant à vous, Tarchinini, vous êtes un traître... Je vous méprise!

— Permettez, Miss... Si j'ai révélé la cachette de Murcy, c'est que maintenant je suis sûr de son innocence.

Cyrus grogna :

— Et comment en êtes-vous sûr ?

Parce que je connais le meurtrier de Jérémie et d'Elaine Parker.

Angelo déposa la bouteille de Chianti devant Miss Leacok alors que Margaret revenait pour la seconde fois à elle. Les yeux déssillés, elle vit sa belle-sœur se verser un verre de vin rouge, en verser un à cet abominable Italien, en clamant :

— J'ai confiance en vous, Roméo. Vous êtes plus intelligent que mes compatriotes, sans doute parce que vous buvez du vin!

La vieille demoiselle trinqua avec le père de Giulietta et vida son verre d'un trait sous le regard horrifié de Margaret qui, derechef, s'évanouit. Cependant, Cyrus n'entendait pas s'en laisser conter.

— Tout ceci est bien joli, beau-père, mais vous feriez mieux de nous donner le nom de ce meurtrier qui n'est pas Stève Murcy?

Tarchinini, qui vivait des minutes exaltantes, ne voulait pas y renoncer tout de suite.

— Je vous prie de m'accorder encore un quart d'heure de réflexion pour mettre mes idées en place.

Il se leva.

— Excusez-moi tous, mais je vais aller me promener dans le parc en compagnie d'Angelo, car j'ai besoin d'un confident.

Nul ne répondit. Elmer qui, en quelques instants, avait vu s'écrouler l'armature familiale avec la révolte de sa sœur, admettait tout, y compris que le maître d'hôtel fut pris pour confident par un hôte impossible.

*
* *

Les deux hommes marchaient à pas lents,
côte à côte. Angelo interrogea son compagnon.

— Cette fois, signore, vous avez dit la
vérité ?

— Presque.

— Presque ?

— Je n'ai pas la preuve décisive et, pour
ne rien te cacher, je me demande bien de
quelle façon je pourrais me la procurer.

Tout en parlant, ils s'approchèrent de la
grille d'entrée et ni l'un ni l'autre ne prirent
garde à la voiture qui s'arrêtait. Un bras
sortit par l'ouverture de la glace baissée de
la portière avant. Un coup de feu claqua et
le maître d'hôtel poussa un cri de douleur
au moment où l'auto démarrait. Paralysé
par l'événement, Roméo restait immobile
tandis qu'Angelo, se tenant l'épaule, hurlait :

— Mais elle est folle ! Qu'est-ce qu'il lui
a pris ?

Le bruit de la détonation amena toute la
famille dans le parc où Tarchinini, ayant
retrouvé ses esprit, soutenait Angelo qu'il

ramenait vers la maison. Les questions se
croisèrent. D'un geste, le père de Giulietta
imposa le silence.

— On a tiré sur Angelo. Heureusement, je
crois que ce n'est pas grave.

— Mais qui ?

— Une femme.

— Une femme ? Vous l'avez reconnue ?

— Non.

— Moi, je l'ai reconnue, avec sa robe aux
manchettes de dentelle.

Patricia dit tout bas :

— Vous ne voulez pas dire que c'est...

— Si, Miss... Janet Parker.

Cyrus se tourna vers son beau-père.

— Alors ?

— Alors, prenez votre voiture et ren-
dons-nous chez les Parker et aussi vite que
vous le pourrez.

Sitôt dans le parc des Parker, Tarchinini
courut au garage, suivi de son gendre. Presque ensemble, ils posèrent la main sur le
capot de la voiture de Janet. Il était chaud.
Leacok remarqua :

— Probant, non ?

Sans répondre, Roméo se mit à courir.
Bousculant le maître d'hôtel qui venait à
ses devants, il grimpa l'escalier avec Cyrus
dans sa foulée. Ils passèrent devant l'appartement de Janet, sans s'arrêter. Leacok
cria :

— Vous allez trop loin, c'est ici!

Mais Tarchinini poursuivait sa galopade
et force fut à son gendre de le rejoindre. Ils
parvinrent à la retraite de Carol Parker dont
Roméo ouvrit la porte. Dans la première
pièce, Augusta, en train de passer un plu-
meau nonchalant sur des porcelaines délica-
tes, voulut s'opposer à la marche en avant
des deux hommes.

— Vous ne pouvez pas! Madame est en
train de se changer!

L'Italien n'eut cure de cet avis et entra
brutalement dans la chambre de la jolie
veuve qui, surprise en slip et soutien-gorge,
poussa un cri d'effroi en se voilant comme elle
le pouvait. Tarchinini s'exclama :

— Nous n'arrivons pas trop tard! Regar-
dez, Cyrus!

L'Italien montra, jetée sur un fauteuil,
la robe que Carol venait de quitter. Celle

de Janet Parker. La jeune femme, muette de
peur, ne pipait mot. Sans se préoccuper d'elle
Roméo s'empara de son sac, l'ouvrit et en
sortit un petit automatique dont il flaira le
canon. Sans rien dire, il le tendit à Cyrus qui,
à son tour, porta le canon sous son nez. Il
hocha la tête, convaincu. Carol Parker
avait tiré sur Angelo. Il s'adressa à la jeune
femme :

— Mais pourquoi ?

Elle ne répondit pas et Tarchinini la
remplaça :

— Ce n'est pas sur lui, mais sur moi
qu'elle a tiré. Elle vise mal.

— Mais enfin, pourquoi ?

— Parce qu'elle savait que j'avais compris qu'elle était l'instigatrice des meurtres
de Jérémie et d'Elaine Parker.

— Murcy travaillait — si je puis m'exprimer ainsi — pour elle ?

— Pas Murcy, Manuel.

Carol n'avait pas essayé de nier et Norton
était venu lui-même pour lui passer les
menottes aux poignets. Manuel, ayant ap-

pris que la veuve avait tout avoué, reconnut les faits, essayant d'en rejeter toute la responsabilité sur sa complice. Carlson et Norton, amers, durent adresser des excuses au Véronais et le remercier de leur avoir évité un échec. L'Italien reconquit leurs bonnes grâces en déclarant qu'il ne voulait pas que son nom fut cité dans les journaux, qu'il leur faissait les honneurs du triomphe. Charity apprit à Murcy qu'il éta:t de nouveau un homme libre et qu'elle allait sérieusement s'occuper de lui pour l'aider à se refaire une place dans la société, avec l'appui de Janet Parker, place dont cette dernière était allée lui parler lorsque Tarchinini et Angelo l'avaient vue sortant de chez le jeune homme, visite que Murcy n'avait pas cru devoir révéler par on ne sait quelle fausse pudeur.

*
* *

— Vous connaissez, mon chez Cyrus, ma théorie que vous moquez si souvent, à savoir qu'il y a toujours une histoire d'amour à la base, à l'origine des crimes.

Tarchinini vivait un moment exception-

nel. Sa fille, qui l'observait, le jugeait éton-
namment jeune. Dans le grand salon des
Leacok, Roméo résumait pour tous, y compris pour Angelo que sa blessure à l'épaule
ne faisait pas trop souffrir, la marche de
son enquête.

— Or, à première vue, l'amour ne montrait guère le bout de son nez dans cette sordide histoire. Je sais bien qu'on essayait de
croire que Janet Parker et Stève Murcy
brûlaient d'une passion partagée, mais
c'était vraiment un peu gros. Ils ne s'étaient
vus qu'une fois dans des circonstances spé-
ciales et si l'on pouvait accepter que Janet
éprouvât des remords à l'endroit de Murcy,
de là à ressentir de l'amour pour ce garçon,
il y avait une marge que je me refusais à
franchir. Et puis, enfin, comment admettre
qu'une fille ayant son bon sens aille demander à un quasi-inconnu de tuer son père et
sa mère ? Quant au meurtre gratuit de Parker par Stève, cela s'affirmait la solution
facile et je déteste les solutions faciles. Italien, c'est-à-dire Latin, je suis prêt à excuser,
du moins à comprendre les égarements de
la passion, mais ce double assassinat conçu
par une fille à l'endroit de ses parents, non !

Il y a des limites dans l'ignominie. Restait l'amour avoué de Manuel pour Janet. Mais ce qui me choquait, c'est que ce garçon en parlait trop de cette tendresse secrète et ardente, et je m'étonnais que Janet ne s'en soit jamais aperçue. J'en suis ainsi arrivé à la conviction que beaucoup mentaient, mais qui ?

Roméo s'accorda une pause, en comédien qui tient à tenir en haleine son auditoire.

— L'ouverture du testament de Parker semblait mettre hors de cause Carol si l'on soupçonnait que le crime avait eu l'intérêt pour mobile, bien que dans ses dernières volontés, le défunt ait exprimé le regret ne de pouvoir faire plus pour sa veuve. Autrement dit, en cas de procès, et à condition que les autres héritiers aient disparu, Carol Parker, soutenue par un bon avocat, risquait de récupérer un joli morceau de la fortune lui ayant passé sous le nez. La mort d'Élaine Parker me désorienta complètement. Elle ne rapportait qu'à Janet. Cette Janet dont Murcy, assez naïvement, avait cru reconnaître la voix au téléphone. Pour ma part, j'étais certain de l'innocence du garçon. A moins d'être un déséquilibré, pourquoi serait-il allé assassiner une femme qu'il ne connaissait pas et surtout dans sa condition d'homme en liberté provisoire ? Me fallait-il donc accepter, que cela me plut ou non, que Janet Parker s'avérait un monstre assoiffé d'argent ?

Nouvelle pause durant laquelle Roméo réclama un peu de whisky pour s'éclaircir la voix. Tout le monde était suspendu à ses lèvres. Il en éprouvait un orgueil profond.

— Je devinais que derrière toute cette horreur, il y avait un amour qui se cachait, mais où ? Je perdais complètement pied, lorsque Manuel a commis son attentat contre Carol ; c'était trop. Assez vite, j'ai compris qu'il n'avait jamais voulu tuer la jeune veuve, sinon il se serait rendu chez elle à un moment où il était à peu près certain de n'être pas dérangé. N'oublions pas qu'il connaissait fort bien la maison et les habitudes de ceux y habitant. Au lieu de cela, il entre par la grande porte, se fait voir, attire l'attention de tous et n'attend même pas qu'Augusta ait quitté sa maîtresse pour se jeter sur cette dernière. Cela sentait le coup monté à plein nez. Mais dans quel but ? Je ne parvenais pas à le discerner, lorsque vous,

Cyrus, m'avez rapporté les propos du masseur qui, effectivement, enfonçait Janet au lieu de la sauver en attirant l'attention des policiers sur la jeune fille. Dès lors, si en dépit de ses protestations amoureuses. Manuel n'aimait pas du tout Janet, qui donc aimait-il ? La réponse était simple : Carol. Si je ne me trompais pas, je tenais mon histoire d'amour : Carol et Manuel s'aimaient. Ils décidaient de tuer Parker — Carol se croyant héritière — et de vivre heureux avec l'argent du banquier. L'histoire de Janet et de Murcy leur fournissait, en la personne de Stève, celui qui endosserait leur crime. Je suppose qu'un ami de Manuel a joué le rôle de secrétaire de Parker, pour attendre Murcy à sa sortie de prison, car je me rappelais le renseignement que j'étais allé demander à Norton : ce n'est pas à Parker mais à sa femme que ce dernier avait téléphoné pour dire que, selon le désir du banquier, Stève serait relâché le soir même.

Charity leva la main pour poser une question.

— Mais le meurtre de Parker ?

— Simple. Manuel est resté avec les deux jeunes femmes au cinéma et s'est éclipsé dix minutes avant la fin, après l'entracte où Janet avait pu le voir à sa place. Il est allé tuer Parker et est revenu à toute vitesse, Carol ayant feint d'égarer un gant pour rester plus longtemps dans la salle. Manuel s'est trouvé mêlé au flot des spectateurs qui sortaient. Tout se déroulait ainsi que les deux complices l'avaient escompté, lorsque l'ouverture du testament les obligea à changer leur plan. Il leur fallait éliminer Élaine Parker et s'arranger pour que Janet Parker fut soupçonnée de s'être servie de Murcy pour commettre les crimes qui lui assuraient en exclusivité la fortune paternelle, car condamnée pour meurtre, elle ne pouvait plus hériter. Vous savez ce qu'il en fut.

Cyrus posa la question que chacun attendait.

— Quand avez-vous compris ce que vous venez de nous expliquer ?

— Ce matin, lors de ma visite à Carol Parker. C'est Augusta, la femme de chambre, qui m'a renseigné. Je n'ai pas saisi tout de suite. En effet, je lui parlais de Manuel et de Janet, alors qu'elle croyait que je lui parlais de Manuel et de Carol dont elle connais-

sait les amours coupables. Elle ne comprenait pas l'attentat parce qu'elle n'ignorait
pas la liaison de sa maîtresse et du masseur.
Pourtant, elle eut une remarque qui aurait
dû me mettre sur la voie : « Avec ses antécédents », a-t-elle dit en parlant de Carol,
alors que je ne pensais qu'à Janet. Dans le
parc, Angelo en me répétant cette réflexion
m'a enfin fait voir ce qui me crevait les yeux.
Mais je n'avais pas de preuve. J'imagine que
le jardinier qui nous a entendus chez les Parker, a dû raconter la scène à l'office et Augusta l'a rapportée à sa maîtresse. Celle-ci
ayant peur de ce que j'avais clamé avoir
découvert, a voulu m'éliminer. Elle a pris
une robe de Janet, emprunté sa voiture et
m'a guetté pour m'abattre. Si elle avait
réussi, elle gagnait sur toute la ligne, car
Angelo avait cru, de bonne foi, que Janet
était l'auteur de l'attentat.

Sur l'aéroport, au moment des adieux,
Elmer assura Tarchinini que sa visite avait
honoré sa maison. Margaret se contenta de

dire qu'elle était enchantée, sans qu'on sut exactement de quoi. Patricia embrassa gentiment le père de sa belle-sœur qui lui proposa de venir à Vérone pour apprendre à rire. Janet Parker embrassa aussi Roméo pour le remercier de tout ce qu'il avait fait pour elle. Stève Murcy lui serra la main avec chaleur et promit de lui écrire pour lui apprendre ce qu'il devenait. Angelo reçut avec reconnaissance le baiser du Véronais qui assura encore le maître d'hôtel que sans lui il ne serait peut-être arrivé à rien. Naturellement, il n'en croyait pas un mot. Devant ces effusions qui scandaliseraient la « high-society » si elle l'apprenait, Margaret se détourna, les lèvres frémissantes d'indignation. Charity prit solidement Tarchinini dans ses bras et lui donna un baiser digne des « Pionnières du Vieux Temps » et lui arracha la promesse de lui envoyer du Chianti qui l'avait à jamais dégoûtée des boissons déprimantes ingurgitées depuis sa jeunesse. Cyrus, plus ému qu'il ne le voulait paraître, étreignit son beau-père, lui dit sa reconnaissance pour la leçon qu'il lui avait donnée et lui promit de revenir bientôt en Italie dont il nourrissait une nostalgie chaque jour plus aiguë. Puis tout le monde se retira pour laisser le père et la fille en tête à tête.

— Ma qué, Giulietta, tu ne vas pas pleurer, hé ?

— Tu pleures bien, toi !

— Mais ,moi, c'est sans le faire exprès... Écoute, ma Giulietta, je ne suis plus un jeune homme et je ne voulais pas en convenir devant les autres, mais si tu ne reviens pas vite près de nous, je vais mourir de chagrin. Tu m'entends ? De chagrin !

— Ma qué ! ne va pas mourir avant que je n'arrive, au moins, hé ?

— Je me cramponnerai, mais ne me fais pas languir trop longtemps... parce que tu ne trouverais plus que mon cadavre !

Ivres de tendresse, de la joie d'avoir de la peine ensemble, du plaisir de mêler leurs larmes, ils pleurèrent merveilleusement dans les bras l'un de l'autre. Il fallut que l'hôtesse de l'air vint rappeler à Roméo que l'avion n'attendait plus que lui. Le Véronais se détacha à regret de sa fille.

— Je pars le cœur brisé, Giulietta mia... mais, entre nous, tes Américains, ils ne sont pas si forts que ça, hé ?

— Pas si fort que toi, tu veux dire!

— Ma qué, c'est ce que je dis, hé?

Et il eut ce bon rire qui, trente ans plus tôt, avait séduit l'autre Giulietta l'attendant, là-bas, à Vérone, avec les bambini.

FIN

ACHEVÉ D'IMPRIMER LE
19 NOVEMBRE 1971 SUR LES
PRESSES DE L'IMPRIMERIE
BUSSIÈRE. SAINT-AMAND (CHER)

— Nº d'impression : 1479. —
Dépôt légal : 2e trimestre 1967.
Imprimé en France